TOD AUF SYLT

Roman

Luisa Ferber

Signum

Impressum

Text:	© Copyright by Luisa Ferber/ Signum-Verlag.
Lektorat:	Dr. Birgit Rehberg.
Umschlag:	© Copyright by Christian Dörge.
Verlag:	Signum-Verlag Winthirstraße 11 80639 München www.signum-literatur.com webmaster@signum-literatur.com
Druck:	epubli, ein Service der neopubli GmbH, Berlin

Printed in Germany

Inhaltsverzeichnis

Das Buch

In Westerland nichts Neues - die Reichen und die Schönen, aber auch die nicht ganz so Reichen und nicht ganz so Schönen geben sich das alljährliche Stelldichein auf Deutschlands Schickeria-Insel.
Bis Harry Luke, der Hamburger Pornokönig, entführt wird. Die Kidnapper verlangen ein Lösegeld von drei Millionen DM.
Kommissar Friederking steht plötzlich im Scheinwerferlicht der Öffentlichkeit. Und dann findet man den Leichnam eines jungen, hübschen Mädchens, das kurz zuvor einen Aushilfsjob bei der Södersen-Apartment-Vermietung angenommen hatte...

Luisa Ferber, gebürtige Frankfurterin, lebte längere Zeit in Berlin, bevor sie in Ulm ansässig wurde - in jener Stadt, die der Schauplatz dieses spannenden Kriminalromans ist und die sie voll Humor und mit sanfter Ironie porträtiert.
Tod auf Sylt erschien erstmals im Jahr 1982 und wurde mit dem Edgar-Wallace-Preis ausgezeichnet.
Der Signum-Verlag veröffentlicht eine durchgesehene Neuausgabe dieses Klassikers der deutschen Kriminal-Literatur.

Tod auf Sylt

Ekke Nekkepen

Bevor die Menschen Sylt entdeckten, hausten dort Kobolde, Trolle und Zwerge.

Sie stahlen Vogeleier und junge Brut.

Sie waren ein nichtsnutziges Gesindel.

Als die Menschen kamen, trieben sie ihren Schabernack mit Kindern und jungen Mädchen. Ihr übermütigster Anführer war Ekke Nekkepen.

Als die Menschen in Westerland ein riesiges Haus bauten aus Beton, Stahl und Glas und seine Fundamente tief in den Sand gruben, mauerten sie Ekke Nekkepen in das Haus ein und merkten es nicht.

Seither treibt er dort seinen Unfug.

Prolog

Sylt ist keine Insel, Sylt ist eine Weltanschauung. Licht, Wind und Wasser umhüllen sie wie ein Mantel aus Silber, Perlen und Sekt, und Sylt selbst tanzt wie Undine auf den Wogen der See. Eingeschlossen im riesigen Rund des Horizonts ruhen Land und See wie eine schwimmende Scheibe - man begreift, warum die Alten nicht an eine Erdkugel glaubten.

Auf Sylt hausten schon die Seeräuber, als die Ägypter ihre Pyramiden bauten. Und als die Angeln dann aufs benachbarte Albion abwanderten, kamen von der Rheinmündung her die Friesen und betrieben das alte Handwerk weiter. Tausend Jahre lang lebten sie vom Walfang vor Grönland und vom Strandraub vor der Haustür. Wenn ein Schiff strandete, überfielen sie die Schiffbrüchigen, beraubten sie und schlugen sie tot.

Sie werden bei Flut geboren und sterben bei Ebbe. Sie glauben heimlich heute noch an die Unterirdischen, an Zwergkönig Finn und Ekke Nekkepen, den Wassermann. Ran, die Todesgöttin der See, ist in Rantum zu Haus, und unter der Marsch liegen die goldenen Anker, mit denen die Königshügel angekettet sind.

Sie sind verschwiegen wie ihre Vorfahren, diese Strandgänger und Seeräuber Sie sind immer noch ein raues Volk, wenn sie die Fremden, die an ihre Küste kommen, auch nicht mehr erschlagen. Sie haben den Strandraub verfeinert, wie es sich nach tausendjährigem Fortschritt geziemt. Sie haben gelernt, die Hühner nicht mehr zu schlachten, die ihnen die goldenen Eier legen. Aber dass man ihnen das Gold abnehmen muss, darüber hegen sie keinen Zweifel.

Die Maler und die Poeten entdeckten als erste den glitzernden Charme des rauen Landes. Sie hausten am Watt in den Scheunen der schweigsamen Seefahrer und durchtobten die Sommernächte in Munkmarsch mit trunkener Lebensfreude und wilden Räuschen.

Dann kamen der Kaiser und sein Hofstaat, und die Prinzen entdeckten Munkmarsch und die diskrete Toleranz der Friesen.

Die Bankiers und die Reichen bauten reetgedeckte Villen hinter die Dünengebirge und setzten sie mitten hinein in den riesigen Friedhof des Nordens mit seinen Hünengräbern und haushohen Totenhügeln von Leuten, die vermutlich nur halb so groß gewesen sind wie wir heute.

Die Touristen kamen. Die Eingeborenen entdeckten, dass Zimmervermieten und Toleranz einträglicher waren als Krabbenfang und Schafzucht.

Nach dem Wirtschaftswunder des letzten Krieges explodierte auf der Insel die Bauwut des Maurergewerbes. Haus an Häuschen duckte sich zwischen die Dünen, überflutete die Blidselbucht mit Reetdächern und Friesenwällen, setzte sich wie Pilze in den Sand von Hörnum Odde, und in der Goldgräberstadt Westerland schossen die Türme aus Glas und zierlichen Balkonen in die Höhe, schwerelos schwebend in der prickelnden Luft. Winzige Apartments entstanden mit den mühsam zusammengetragenen Bausparverträgen der Kleinbürger vom Festland, und ihre Besitzer deckten die Unterhaltskosten und Steuern durch Vermieten an die Besucher der Insel im Sommer.

Von Mai bis September ist Saison auf Sylt; dann mischen sich am Strand und in den Dünen die berüchtigten Reichen und Schönen, die Jungen und die Nichtmehrjungen, die Abenteurer und die Asthmatiker, die Nackten und die teuer Gekleideten, die Armen mit nur einem Hund und die Reichen mit mindestens fünf an der Leine. Am Morgen ergießt sich eine Welle von benzingetriebenem Blech nach dem Norden und Süden der Insel. Das Volk verläuft sich zwischen Brandung und Sand. Und was es in den Dünen treibt, kümmert keinen. Man kommt nach Sylt, um sich zu amüsieren, und zu Hause sagt man später, man habe sich erholt. Braun geworden sind sie alle.

Ein Dorado mit so viel Sinn für Leben und Lebenlassen ist natürlich auch ein gelobtes Land der Homosexuellen beiderlei Geschlechts, und so wandern sie Hand in Hand durch die Dünen, diese Paare des gleichen Geschlechts, und sind ein Verlust fürs Familienministerium. Sie sind in ihrer Zuneigung diskreter als die »normalen« Liebesleute. Aber sie tragen die neueste und die verrückteste Eleganz zur Schau, wenn sie in der Westerländer Friedrichstraße flanieren oder im Café Orth frühstücken. Auf Sylt ist jeder willkommen, der Farbe auf die Insel bringt und Geld ausgibt.

Wenn irgendwo in Deutschland eine Stadtverwaltung ihre Stadtbäume mit einem Mäuerchen umgibt, damit sie Luft und Regen kriegen, dann sorgt sie dafür, dass ihre Bürger auf diesen Mäuerchen sitzen können und spart dabei Bänke.

Auf Sylt setzen sie die Ziegelsteine spitzkantig nach oben, so dass auf der Kante bestenfalls noch ein Vogel sitzen kann. Sitzmäuerchen würden umgehend von

Haschbrüdern und Gammlern belegt sein, und die »Hell's Angels« würden dort ihre Motorräder abstellen. Wer hat so etwas schon gern in seiner Fußgängerzone?

Natürlich gibt es diese Brüder dennoch auf Sylt, erst recht auf Sylt. Aber sie sitzen notgedrungen auf den Treppenstufen der Ladengeschäfte und müssen es sich gefallen lassen, dass diese Stufen alle Augenblicke mit einem kräftigen Wasserstrahl abgespritzt und gereinigt werden von allem, was nicht dahin gehört. Mit Wasser wissen die Sylter umzugehen!

Auf der Insel wohnen die gediegenen Reichen in Rantum im Süden, die amüsanten Reichen in Kämpen im Norden, die prominenten Reichen auf Morsum im Osten, und in Westerland vergnügen sie sich alle: die Reichen, die Gediegenen und die Unsoliden.

Westerland ist wie eine schöne, nicht mehr ganz junge Frau mit einer interessanten Vergangenheit. Die Front ist erfreulich und gelegentlich sogar kostbar dekoriert, aber den Blick hinter die Fassade unterlässt man lieber.

Westerland ist auch das Paradies der Gebrechlichen und Alten, der längst von der Bühne abgetretenen, die ihren Erinnerungen leben und nur Zuschauer sein wollen. Selbst die Kurkapelle in der rotgelben Musikmuschel auf der Promenade hat sich auf dieses Publikum eingestellt. Sie spielen den Schwerhörigen und Verkalkten die Weisen von der Moldau und das Viljalied, denn die Musikanten stammen überwiegend aus der Tschechoslowakei und halten sich eisern an ihr nationales Programm.

Wer über den Hindenburgdamm vom Festland herüberkommt auf dieses riesige Schiff aller sündigen Verheißungen, sucht zunächst eine der zahlreichen Zimmer- und Wohnungsvermietungen auf. Der Erfahrene fährt mit seinem Auto unmittelbar vom Bahnhof zur Andreas-Dirks-Straße und landet vor dem vielstöckigen Bau des Kurzentrums und bei Hanny Runne in Södersens Apartment-Vermietung.

Natürlich hat der Erfahrene sein Quartier bereits im Januar bestellt, und der Stammgast wird von Hanny Runne persönlich an der Theke des Empfangsbüros begrüßt.

Winzig, mollig und blondgelockt, stets grün und braun und honigfarben gewandet, kommt sie aus ihrem grün-braun-honigfarbenen Büro auf turmhohen Stöckeln angetrippelt, ganz und gar die ehemalige Soubrette beim Flensburger Stadttheater. Ihr Lachen perlt noch in zwei Oktaven, und die winzige Soubretten- Nase verleiht dem rundgewordenen Gesicht die naive Kindlichkeit der früheren Jahre. Aber Mund und Augen verraten die Härte eines erfahrenen Lebens und den Verlust aller Illusionen.

Man wohnt auf Sylt in Häusern, Apartments, in Pensionen und möblierten Zimmern. Södersens Apartment-Vermietung hat für jeden das Richtige anzubieten. Ganz arm darf man natürlich nicht sein, dafür sorgen schon Kurtaxe und Einzelhandel.

Auf Sylt darf man alles tun, was Spaß macht und was das Gesetz nicht verbietet. Es gibt sogar eine Spielbank, wo man sein Geld *verjeuen* kann. Vierzig Kilometer Strand im Westen bieten Sand, Brandung und Dünen, Wind, Wellen, Himmel und unendliche Weite. Stürmt oder regnet es, sucht man den Windschatten des Watts und läuft im gelben Regenzeug, den Friesennerzen, und Gummistiefeln über Wiesen von Grasnelken, Strandschwingel und grausilbernen Beifuß. Auf Sylt ist es selbst im Regen schön.

Der Festungsturm der Keitumer Kirche beherrscht die Küste im ganzen Osten. Am Morsumkliff blöken die Schafe. Bei Braderup werfen bei Ebbe die Kinder mit Kieseln nach den schwarzen Planken des Wracks der alten *Mariann*, dem Windjammer, der schon vor dem ersten Weltkrieg nicht mehr jung war und noch immer im Schlick jeder Sturmflut trotzt. Im Licht des Tages erinnert sie romantisch an Große Fahrt, an Stürme über dem Atlantik und an die Geborgenheit des Hafens. Doch in der Nacht, im Mondlicht, hüllt sie sich in den Mantel dunkler Geheimnisse. Der zerbrochene Mast, das verrottete Deck raunen gespenstisch von Tod und Gefahr.

Und wenn dann die Sonne scheint, der Himmel über dem Sand wie zartblaue Seide schimmert, sind alle an der Küste im Westen, in den Strandkörben mit den bunten Markisen, den Sandburgen und in der strudelnden Brandung, die sie hochreißt, umwirft und eintauchen lässt in das Ferienglück aus Wasser, Wellen und Licht.

Montag

Hanny Runne leitete seit fünfzehn Jahren Södersens Apartment-Vermietung. Hübsch und füllig, heiter und energisch dirigierte sie all die Jahre hindurch geschickt und geschäftstüchtig den Stab im Empfangsraum und regierte mit nie erlahmender Höflichkeit Apartment-Besitzer und Apartment-Mieter. Nur faule Kunden und das häufig wechselnde Personal erfuhren vom eisernen Kern hinter der süßen Front von Södersens Büro Vorsteherin.

»Hatten Sie eine gute Reise?« begrüßte Hanny Runne das Ehepaar Krause aus Berlin und winkte einem der athletischen jungen Männer an den Seitentischen. »Emmo, bringen Sie das Gepäck der Herrschaften auf 327!«

Das Personal bei Hanny Runne wechselte zwar oft, aber die männlichen Arbeitskräfte waren immer athletische junge Männer, und die weiblichen waren von den Sekretärinnen bis zu den Putzfrauen jung und hübsch.

Hanny Runne goss den Willkommensschluck in niedrige Gläser. Wer abreiste, beglückte das Büro mit übriggebliebenen Flaschen voller Alkoholika, und wer ankam, wurde damit begrüßt.

Der gutgewachsene Emmo Anderson erhielt Zimmer- und Autoschlüssel mit einem wohlgefällig abschätzenden Blick aus den Augen von Frau Krause aus Berlin.

Am Nachbartisch buchte eine Familie mit drei Kindern bei Antje Weber eine Inselrundfahrt, und eine energische Frauenstimme. machte Uwe Jensen die Hölle heiß.

Die Ehefrau eines kahlen, kleinen Mannes drückte verärgert ihren grauen Pudel an die flache Brust. »Das Apartment ist zu klein, und der dreizehnte Stock ist mir zu hoch. Die Landseite passt mir erst recht nicht. Wenn ich schon am Meer gemietet habe, will ich auch das Meer sehen!«

Die Stimme der Frau in mittleren Jahren wurde schriller. Uwe Jensen warf seiner Chefin einen hilflosen Blick zu.

»Und außerdem hat vor uns ein Pfeifenraucher dort gewohnt. Es wurde nicht richtig gelüftet! Ich vertrage keinen Pfeifenrauch!«

Der kahle, kleine Ehemann nickte bestätigend. Ihm hatte sie das Rauchen schon lange abgewöhnt.

Hanny Runne stellte ihr Glas hin, sagte »einen Augenblick, bitte«, kam herüber und hörte sich die Klage an.

Eigentlich brauchte sie gar nicht hinzuhören. Sie bekam solche Klagen seit fünfzehn Jahren, jedes Jahr von Mai bis Oktober in allen Varianten zu hören. Sie hätte ein Klagen-Lexikon schreiben können, Klagen über die Luft, das Salzwasser, den Wind vom Osten, den Wind vom Norden, vom Süden, vom Westen, Klagen über zu viel Sonne, zu viel Schatten, zu viel Regen, Wärme, Kälte, Lärm von Kindern, von Jugendlichen, von Erwachsenen, Lärm der Hubschrauber von der Bundeswehr, zu laute Musik der Kurkapelle, Flecken auf dem Fußboden, Haare im Waschbecken, Hundegebell, unfreundliches Personal - sie hätte für jeden Buchstaben des Alphabets drei Seiten Klagen aus dem Handgelenk schütteln können.

Das Kapitel der Lobpreisungen wäre mager ausgefallen.

»Dieses Apartment nehmen wir auf gar keinen Fall!« zeterte die Frau, und der kleine Mann im Hintergrund schrumpfte unter Hanny Runnes abschätzendem Blick in sich zusammen.

Hanny Runne studierte die Vormerktafeln an den Seitenwänden. »Nein«, sagte sie lächelnd, »Sie können dieses Apartment sowieso nicht haben. Die Eigentümer wollen keine Hunde!«

Die Frau reckte sich auf. »Unglaublich! Und welches Apartment bekommen wir?« .

»Keines«, entschied Hanny Runne freundlich und wandte sich wieder ihren Gästen zu. »Es ist nichts mehr frei!«, sagte sie über die Schulter und verabschiedete sich mit einem freundlichen Nicken. Sie hatte genug von dieser Sorte. Sie steckten bis zum Hals voller Bosheit und reagierten diese an Leuten ab, die sich ihrer Meinung nach nicht wehren durften. Bei den Jungen heißt es, ihre Aggressionen kommen vom Übermaß an Hormonen. Woher aber kommen die Aggressionen der Alten? Jeder Fleck an der Wand stört sie. Wenn sie bezahlen, glauben sie, alles müsse vollkommen sein. Selbst normal erzogene Leute werden maßlos in ihren Ansprüchen, wenn sie meinen, der andere habe sie zu bedienen. Man könnte glauben, sie äßen zu Hause von goldenen Tellern und hätten hinter jedem Stuhl drei Diener!

Hanny Runne machte es Vergnügen, der Person die Unterkunft zu verweigern - jetzt in der Hochsaison war jedes Loch ausgebucht; sollten sie doch im Strandkorb schlafen!

Uwe Jensen hob bedauernd die Hände. Flachbrüstige Ehefrauen in mittleren Jahren, deren Gefühle bis auf die Liebe zum Hund eingetrocknet waren, fanden keinen Anklang bei der gutgewachsenen Jugend in Södersens Apartment-Vermietung, es sei denn, sie waren sehr reich.

Ein silbergrauer Cadillac glitt über die Rampe zur Tiefgarage. Hanny Runne verabschiedete souverän ihre Gäste und räumte die Gläser fort. »Herr de Fries«, sagte sie, »eben kommen Bartholomaes aus Düsseldorf an.«

Der weißblonde Holländer schaute durch die großen Bürofenster dem Wagen nach und stand dann auf. »Ich bringe sie rauf«, erklärte er und holte aus dem Schlüsseldepot die Schlüssel für die Wohnung vierhundertsechzehn, dem teuersten Penthouse-Apartment, das Hanny Runne anzubieten hatte, und verließ den Raum.

Hanny Runne sah ihm beifällig nach. Hellmut de Fries war ihr apartestes Stück. Groß, schlank, jeder Muskel durchtrainiert, außerdem gebildet - etwas, was man im Allgemeinen ihren athletischen jungen Männern nicht nachsagen konnte -, spielte er den Empfangschef in Södersens Apartment-Vermietung, und er machte es mit Stil. Er gab dem Büro ein wenig das Flair eines guten Hotels. Hanny Runne hatte nichts dagegen, wenn er sich aufspielte, solange er auch das noch tat, wofür er bezahlt wurde.

Wenn Herr de Fries den Herrschaften die teure Wagentür öffnete und dabei bescheiden erwähnte, dass er ein arbeitsloser Architekt war, dem das teuerste Apartment dieses Hauses gehörte, erwarteten die Herrschaften natürlich nicht, dass er ihre Koffer trug. Sie wagten auch nicht, ihm ein Trinkgeld anzubieten. Sie luden ihn stattdessen gelegentlich zu einem Abendessen in die »Stadt Hamburg« ein, wo er sich als höflicher, gebildeter und unterhaltsamer Gast erwies. Zu den Damen war er »ganz reizend«, aber er trat ihnen nie zu nahe.

Neue Gäste waren zu begrüßen, neue Wünsche zu befriedigen, neue Klagen zu bedauern.

»Wir wohnten ja lieber in Kämpen, da ist das Publikum besser«, räsonierte ein Paar in modischer Pracht.

»Dort ist es aber teurer!«, gab Hanny Runne zu bedenken.

»Oh, auf das Geld kommt es nicht an!«

Hanny Runne nahm den Schlüssel für das gebuchte Apartment zurück. Sie vermachte ihnen das Teuerste, was sie in Kämpen noch hatte, zwei Kilometer Fußweg zum Strand, und schlug noch fünf Mark pro Tag drauf. So waren diese Leute, denen es aufs Geld nicht ankam, die für jede Handreichung Trinkgelder gaben und sich dann wunderten, wenn ohne Trinkgeld überhaupt nichts mehr ging. Sie nahmen nie ein Staubtuch in die Hand und muteten denen, die hinter ihnen her putzen mussten, einfach alles zu. Aber sie klauten die Kleiderbügel und die Aschenbecher und glaubten, das wäre ihr gutes Recht.

In der Tiefgarage wies Herr de Fries den Düsseldorfer Riesenschlitten auf den Stellplatz ein und öffnete in untadeliger Haltung der hübschen Frau Bartholomae die Wagentür. Er enthielt sich sachverständig jeder Art von Anbiederungsversuchen an die beiden silbergrauen Chow-Chows, die mit asiatischer Arroganz abwarteten, dass Juwelier Bartholomae das Zeichen zum Aufbruch gab.

Wie durch Zauberei tauchten der Garagenmeister Brodersen und sein Gehilfe auf und griffen bereitwillig beim Gepäckausladen zu. Herr de Fries nahm das Kosmetikköfferchen aus Krokodil, den silbergrauen Nerz und den Aquascutum-Mantel und überließ das schwere Gepäck den niedrigeren Chargen. Er führte die Herrschaften zum Fahrstuhl und brachte sie hinauf zum vierzehnten Stockwerk. Er schloss ihnen die Apartment-Tür auf und ließ ihnen und den Hunden höflich den Vortritt, wartete einen Augenblick und freute sich.

Die Herrschaften zeigten sich beeindruckt von den gelben Leinentapeten, den weißen Regalen, dem schwarzweiß gekachelten Fußboden und den weiß-samtenen Polstern der verchromten Halbkugeln, in denen man auf dem Rücken liegen und auf dem Boden schaukeln konnte. Immerhin wiesen die beiden Schlafzimmer richtige Betten auf. An dekorativ leeren florentinischen Tonkübeln auf der Terrasse ging der Blick vorbei in die flirrende Unendlichkeit des Sylter Himmels. Die Herrschaften bewunderten Eleganz, Ausstattung und Ausblick.

»Es ist mein Apartment«, sagte Herr de Fries bescheiden. »Ich habe es selbst eingerichtet. Ich bin Architekt. Ich musste mein Büro auflösen und überbrücke bei Södersen. Die Zeiten werden sich wieder ändern.«

Herr Bartholomae ließ die Münzen, die er bereits in der Hand hatte, in die Hosentasche zurückgleiten. Die hübsche Frau Bartholomae zeigte liebenswürdig ihre hübschen Zähne. Herr de Fries ließ Pelz, Aquascutum und Kosmetikköfferchen auf den Stuhl im Vorraum gleiten und verabschiedete sich. Die beiden Chow-Chows begleiteten ihn zur Tür, wo sie dann artig auf Befehle ihres Herrn warteten.

Brodersen und Gehilfe brachten das schwere Gepäck. Niemand erwartete, dass Herr de Fries Hand anlegte.

»Wie schrecklich, Leo, der arme Kerl! Ein arbeitsloser Architekt!«, rief die junge Frau Bartholomae, als sie gegangen waren. »Findest du das Zimmer hübsch?«

Herr Bartholomae wiegte den Kopf und betrachtete seine Umgebung. »Der Fußboden gehört in den Vatikan. Die komischen Sessel stünden besser im Schaufenster eines Möbelgeschäfts, und florentinische Kübel auf einer Terrasse aus Beton und rostfreiem Stahl - wenn das das Beste ist, was er kann, wundert es mich nicht, dass er arbeitslos ist.«

»Die Sessel sind aber doch wirklich lustig, Leo! Man kann darin schaukeln!« Sie setzte sich hinein und schaukelte.

Er sah ihr lächelnd zu. »Ich sitze lieber auf einem anständigen Stuhl. Ich nehme mir den aus dem Vorraum. Es ist ja nur für eine Woche!«

Herr de Fries wäre über diese Unterhaltung nicht erbaut gewesen, und Hanny Runne hätte sie nicht verstanden. Sie war von diesem Apartment begeistert und von den großen schwarzweißen Fußbodenkacheln hingerissen, so oft sie sie sah. Hanny Runne hätte am liebsten ebenfalls große, schwarzweiße Fußbodenkacheln gehabt. Aber die hatte ihr Inken Strandvogt, bei der sie wohnte, ausgeredet. »Weißt du, Hanny«, sagte sie, »für große schwarzweiße Fliesen ist dein Zimmer zu klein, und im Winter ist so was sehr kalt. Bleib lieber bei deinem Spannteppich!«

»Kann ich ein Einzimmer-Apartment haben?«, fragte ein dunkelhaariger junger Mann am Empfangstisch, als die blonde Antje Webern sich ihm zuwandte und ihre blauen Kinderaugen fragend auf ihn richtete.

Sie überflog die Wandtafeln mit den Vormerkungen. »Im sechsten Stock, Landseite«, sagte sie zögernd und warf einen Blick auf die bescheidene Kleidung des jungen Mannes. »Siebzig Mark die Nacht, und nur für eine Woche!«

»Wunderbar«, erklärte der junge Mann erfreut. »Das nehme ich!« Er sagte, er heiße Maximilian Stettner und käme aus Hannover.

Antje Webern trug dies gewissenhaft in ihr Anmeldebuch ein und ließ es ihn unterschreiben. Dann gab sie dem jungen Mann Zimmerschlüssel und Wäschepaket und bat Emmo Anderson, den Herrn auf Apartment einhunderteinundfünfzig zu führen und ihm das Klappbett zu erklären. Anschließend wandte sie sich liebreich der nächsten Kundschaft zu.

Der junge Mann schaute ihr mit einem bedauernden Blick nach. Er hätte sich einhunderteinundfünfzig sichtlich lieber von Antje Webern zeigen lassen. Jetzt wandte er sich ab, um Emmo Anderson zu folgen, und stieß dabei unter der Eingangstür mit einer Erscheinung in Schwarz und Gold zusammen, die nach allen orientalischen Wohlgerüchen duftete.

Herr Maximilian Stettner sagte »Pardon«, trat zur Seite, ließ die schwarze Erscheinung an sich vorüberwehen und vergaß darüber das flachsblonde Kind der Insel. Er folgte Emmo Anderson zum Fahrstuhl.

Die schwarzgoldene Dame wehte an den Empfangstisch zu Uwe Jensen hin und legte eine lange, weiße Hand, geschmückt mit mindestens sechs Solitären, auf den Tisch. »Ach bitte«, hauchte sie mit ungewöhnlichem Wohllaut in der weichen Stimme, »ich habe ein Apartment bestellt.«

Uwe Jensen betrachtete die üppige Schönheit in schwarzem Batist, der zwar durchsichtig, aber in zahllosen Lagen vom Hals bis zu den Knöcheln herabwallte, und mit rotbraunen Locken, die ein leidenschaftliches Antlitz mit dunklen Augen und hinreißenden Lippen umrahmten.

Uwe Jensen hatte den Eindruck, dass Edelsteine, Haare und Zähne der Dame echt waren. Er legte seinen ganzen Charme in sein Lächeln. »Auf welchen Namen, bitte?« Er war überzeugt, dass unter der wogenden Stoffhülle alles echt war.

»Lieselotte Kiepenträger«, antwortete die duftende Erscheinung und legte eine zweite Hand mit noch mehr Solitären zu der ersten. Schon der Name klang reich. Arme Leute heißen nicht so!

»Zweihundertsechsunddreißig im achten Stock, gnädige Frau«, erklärte Uwe Jensen überwältigt. Er holte Schlüssel und Wäschepaket herbei, um das wunderbare Geschöpf zu begleiten.

»Mein Wagen steht vor der Tür«, flötete sie. Sie reichte ihm den Schlüssel. »Kann man ihn in die Garage fahren und mein Gepäck nachbringen?«

»Selbstverständlich, gnädige Frau«, sagte Uwe und reichte den Schlüssel weiter an den zurückkommenden Emmo Anderson. »Es ist ein weißer Jaguar«, erklärte das Wesen aus der großen Welt und übersah den armen Emmo vollkommen.

Sie ließ sich von Uwe Jensen die Tür aufhalten. In den sepiabraunen Tiefen ihrer Augen blitzte ein Licht auf, und ein fernöstliches Lächeln spielte um ihren Mund. Ihre Augen versenkten sich tief in die des jungen Mannes, dann schritt sie an ihm vorüber.

Uwe zog die Schultern zurück und lächelte stärker. Er wusste, was solche Blicke bedeuteten. Der selige Herr Kiepenträger war schon zu lange selig. Sie war eine Witwe mit viel Geld. Er würde sich den Abend freihalten.

»Herr Hansen«, sagte Direktor Mollenhauser aus Duisburg zu dem stämmigen Hausmeister, »ich schenke Ihnen den Hund. Sie müssen ihn nehmen! Sehen Sie, wie zutraulich er ist! Er liebt Sie, man sieht es gleich. Es ist ein Wachtelhund, beste Rasse! Ich schicke Ihnen noch den Stammbaum! Ich muss ihn hergeben. Meiner Frau ist es zu viel Arbeit. Und ich bin immer unterwegs!«

Es war ein sehr edler Hund. Sein braunes Fell glänzte, Schwanz und Ohren waren einwandfrei. Er hatte keinen weißen Fleck am Körper. Hausmeister Hansen kraulte ihn am Hals.

»Sie heißt Agathe«, fuhr Direktor Mollenhauser fort. »Eine Seele von Hund, ein Hund wie Gold, beißt nie, bellt nie, hat überhaupt keine Unarten! Bei Ihnen hätte sie genügend Auslauf. Sie brauchen sie nie an die Leine zu nehmen. Wissen Sie, diese Hunde finden immer an ihrer eigenen Spur zurück. Tun Sie mir den Gefallen, behalten Sie ihn. Ich weiß Agathe dann in guten Händen!«

Eine Frau war mit dem Fahrstuhl hängengeblieben.

Es gibt viele Leute, die in seelische Verwirrung geraten, wenn man sie in winzige Räume einsperrt. Die Frau verlor die Nerven. Sie hämmerte gegen die verschlossene Tür, sie weinte, sie schrie, sie betete. Sie fluchte Westerland, der Kurverwaltung, der Insel, dem Hausmeister, dem lieben Gott.

Hausmeister Hansen versuchte, sie über den Lautsprecher zu trösten, und arbeitete fieberhaft daran, den Fehler zu finden. »Das Ding muckt«, erklärte er ratlos, »es muckt vom ersten Tag an! Regen Sie sich nicht auf. Es ist noch immer in Ordnung gekommen.«

Sie regte sich aber weiter auf. Sie raufte sich die Haare. Sie hockte am Boden und weinte. Sie zitterte, schluchzte, schimpfte und jammerte. Sie flehte Gott und alle Heiligen an, man möge ihr da heraushelfen. Sie versprach dem

Hausmeister goldene Berge, um ihm im nächsten Augenblick die Pest an den Hals zu wünschen, ihm, seiner Familie, dem Haus, dem ganzen Kurzentrum.

Es dauerte zwanzig Minuten, bis der Fahrstuhl sich wieder bewegte. Hausmeister Hansen half der Frau heraus. Er brachte sie zurück in ihre Wohnung, zu Fuß, zwölf Stockwerke hoch. Sie war eine Eigentümerin. Und sie schwor, nie wieder einen Fahrstuhl zu betreten.

Sie trank Kaffee und nahm Beruhigungstabletten, beruhigte sich tatsächlich. Dann ging sie zum Telefon und rief Hanny Runne an. »Ich verkaufe das Apartment«, sagte sie, beruhigt, aber bitter. »Ich will es nicht mehr haben. Ich verkaufe es so, wie es ist, mit allem Drum und Dran und mit dem letzten Putzlappen.«

»Gut«, sagte Hanny Runne, »ich will sehen, was ich dafür bekommen kann.«

Sie legte den Hörer auf und blätterte im Telefonbuch, rief dann in Hamburg an. »Ich habe ein Apartment für Sie. Dreißig Quadratmeter, Seeseite, zwölfter Stock, mit voller Einrichtung. Hunderttausend Mark!«

In seinem Büro jenseits der Passage telefonierte Herr Södersen ebenfalls mit Hamburg. »Wir mussten den großen Fahrstuhl stilllegen. Der ist jetzt schon zum dritten Mal in diesem Monat hängengeblieben. Es ist wie verhext. Wenn ihr nicht sofort jemand herüberschickt, der das Ding in Ordnung bringt, kündige ich den Wartungsvertrag!«

Die rote Sonne versank in grau-rosa Dunst am Horizont. Die konservativen Tschechen in der Musikmuschel spielten noch einmal das Lied von der Moldau und das von Vilja, wer immer auch diese Dame gewesen sein mochte, und packten dann ihre Instrumente zusammen. Die Zuhörer klatschten und strömten lachend und hungrig in die Stadt zurück zum Abendessen in ihren Pensionen, Gasthäusern und Apartmentwohnungen.

Hanny Runne klappte ihr Abrechnungsbuch zu, verschloss die Tür, die von ihrem Büro zur Straße führte, und ihren Schreibtisch. Sie ging hinaus in den Empfangsraum, wo Uwe Jensen die Rechnungen von Wäscherei, Teppichreinigung und Putzmittellieferanten prüfte.

»Uwe«, sagte Hanny und klemmte die Handtasche unter den Arm, »um zwanzig Uhr zehn kommen die Gäste für einhundertneunzehn und hunderteinundzwanzig und um zwanzig Uhr fünfunddreißig kommen Meyer-Dierks aus München. Die kriegen hundertfünfundneunzig.« Sie schob ihm einen Zettel hin. »Das ist die Liste der Apartments, die morgen früh belegt werden und heute Abend noch kontrolliert werden müssen. Schalten Sie die Fernseher ein und schauen Sie in die Kühlschränke und die Betten!« Sie grinste mit schmalem Mund. »Nicht reinlegen, mein Lieber, bloß kontrollieren!«

Uwe Jensen schob das Kinn vor und zog die Schultern hoch. »Ja, ich weiß«, murrte er. »Sie brauchen es mir nicht jedes Mal aufs Brot zu schmieren!«

Hanny Runne lachte. Sie zupfte an ihren honigblonden Löckchen, klopfte ihm versöhnlich auf die Schulter und trippelte, eine Symphonie in Grün und Braun, hinaus in die stille Abenddämmerung.

Ein fetter Basset hob gerade das Bein, um an der hellen Glasfront von Södersens Apartment-Vermietung sein Geschäft zu verrichten. Die harte Spitze ihres Stöckelschuhs traf ihn da, wo auch ein Hund besonders empfindlich ist. Das Vieh jaulte auf.

Seine Besitzer standen am Bürgersteig und wandten sich erstaunt um. Hanny Runne trippelte sorglos und unschuldig an ihnen vorüber und schwenkte ihre braune Handtasche. Es war ein Jammer, dass sie hier nichts zu bestimmen hatte. Sie würde Kurtaxe für Hunde verlangen, dreimal so viel wie für ihre Besitzer. Die gemeinsten Köter blieben dann sicher weg.

Die Westerländer Stadtverwaltung schickte jeden Tag in aller Herrgottsfrühe eine Putzkolonne los, die die Bummelstraßen der Stadt mit Besen und Scheuereimern reinigten. Täte sie das nicht, man würde nach einer Woche kniehoch im Hundekot versinken. Man konnte es Hanny Runne nicht verdenken, dass sie Hunde und ihre Besitzer nicht liebte.

Während Hanny Runne über die Friedrichstraße schlenderte und dabei die Auslagen der bereits geschlossenen Boutiquen besichtigte - man spart eine Menge Geld, wenn man Schaufenster erst nach Ladenschluss besichtigt -, und während in Södersens Apartment-Vermietung Uwe Jensen auf die Spätankömmlinge wartete, telefonierte der junge Mann aus Apartment einhunderteinundfünfzig mit der exotischen Witwe in 236.

»Wann kommt der Gigolo zu dir?«

»Nicht vor neun. Er sagt, er hat diese Woche Spätdienst.«

»Verdammt. Sieh zu, dass er so schnell wie möglich einschläft.«

Die Dame von 236 lachte. »Er ist ein so hübsches Kerlchen. Du wirst mir doch erst noch ein bisschen Spaß gönnen!«

»Hör auf! Nach neun ist es zu spät dafür!«

Sie schmollte. »Du gönnst mir aber auch gar kein Vergnügen.«

»Vergnügen! Der Kerl liegt jeden Abend in einem anderen Bett! Ruf mich an, wenn er pennt!«

Eine Stunde später verließen Herr und Frau Bartholomae ihre Penthouse-Suite und begaben sich im Fahrstuhl hinunter zur Straße, wo ein Taxi auf sie wartete und sie zum Spielcasino brachte. Frau Bartholomae glänzte in vielfarbig sprühenden Gehängen, und Herr Bartholomae bot dazu die elegante Smoking-Folie der Erfolgreichen. Sie sahen genauso aus, wie sich Herr Hinzkunz aus Hintertupfingen die reichen Leute auf Sylt vorstellt, deren Steuererklärung er zu gern einmal gesehen hätte. Hätte er gewusst, dass Herr Bartholomae diesen Ausflug nach Babel als Geschäftsunkosten verbuchte, ihn hätte sicher der Schlag gerührt.

Ein junger Mann in dunklem Rollkragenpullover und dunklen Jeans stand an Dullins Souvenirladen und beobachtete aus den Augenwinkeln, wie Bartholomaes davonfuhren. Er schnalzte leise mit der Zunge und begab sich befriedigt mit dem Fahrstuhl wieder hinauf in den sechsten Stock ins Apartment einhunderteinundfünfzig, wo er sich neben dem Telefon niederließ und auf den Anruf der liebenswürdigen Dame aus 236 wartete.

In Södersens Apartment-Vermietung hatte Uwe Jensen den letzten neuangekommenen Gästen Zimmer- und Garagenschlüssel, Wäschepakete und den Sylter Veranstaltungskalender ausgehändigt. Er hatte sie in ihre Apartments gebracht, ihnen gezeigt, wie man die Betten ausklappt und wie der Fernseher eingeschaltet wird, und hatte sie ihre Koffer selber tragen lassen. Jetzt rasierte er sich in dem winzigen Waschkabinett neben Hanny Runnes Büro und pfiff dabei erwartungsvoll das Lied vom Geld des reichen Mannes. Die üppige Schönheit aus 236 versprach eine leidenschaftliche Nacht und einen großzügigen Morgen. Uwe Jensen träumte von einem schwarzen Porsche und einer edelgesinnten Frau, die ihn damit beschenkte.

Er massierte sich das Kinn mit Rasierwasser, bürstete die glänzenden Haare und untersuchte kritisch seine Fingernägel auf Kugelschreiberspuren. Seit seiner Lehrzeit als Automechaniker hatte er einen Abscheu gegen dreckige Hände.

Danach holte er aus dem Schlüsseldepot den Generalschlüssel, was strikt verboten war. Aber er hatte keine Lust, die aufregende Dame von 236 mit einem halben Dutzend Zimmerschlüssel in der Tasche zu besuchen. Es sah gar zu sehr nach kleinem Angestellten aus. Und die Zimmerinspektion konnte er nicht übergehen. Erst heute Morgen hatte es Krach gegeben, weil ein paar alte Weiber sich beschwerten, dass sie gebrauchte Tempotaschentücher in ihren Betten vorgefunden hatten.

Klappbetten nachzusehen war Männerarbeit, hatte Hanny Runne entschieden, als die Putzfrauen sich weigerten, diese Inspektion durchzuführen. Sie behaupteten, die

Betten auszuklappen sei zu anstrengend und schade ihrem Rücken.

So war das mit den Weibern! Bei jeder Gelegenheit wollten sie gleichberechtigt sein, und wenn es ihnen passte, spielten sie das schwache Geschlecht!

Er hätte natürlich nach der Inspektion mit den Schlüsseln ins Büro herunterfahren können, um sie dort ins Depot zu hängen. Aber das alles dauerte eine Ewigkeit. Keiner würde merken, dass er den Generalschlüssel mitnahm und irgendwann heute Nacht wieder zurückhängte. Er konnte schließlich die Dame aus 236 nicht zu lange warten lassen. Wer weiß, vielleicht hatte sie dann keine Lust mehr.

Nur gut, dass Uwe Jensen nicht ahnte, mit welcher Ungeduld und mit wieviel Bromazepam-Tabletten im Leib ihn diese Dame erwartete.

Als Uwe Jensen noch bei Mercedes in Hamburg in der Lehre war, kam eines Tages eine nicht mehr ganz junge, aber von ungeheurem Reichtum umstrahlte Dame mit ihrem Sportwagen in die Werkstatt, wo sie und ihr Auto von Werkstattleitern und Meistern wie ein kostbares Ei behandelt wurden. Sie sagte, sie wolle nach Saint Tropez, und man möge die Kiste mal eben durchklingeln.

Sie holte den Wagen am nächsten Tag wieder ab und nahm dabei gleich auch noch den blutjungen Uwe Jensen mit als Chauffeur und Reisemarschall. Uwe Jensen lernte Südfrankreich, verliebte Zärtlichkeiten und die Arroganz der ganz Reichen kennen.

Eine Amerikanerin, ganz und gar dollarvergoldet, löste die Mercedesdame ab. Uwe Jensen fuhr nun einen Cadillac.

Das Vergnügen dauerte von Februar bis Ende April. Dann verschwand die erfreuliche Gesellschaft aus Frankreichs Süden und ließ Uwe Jensen ohne Herrin, Auto und Geld am Mittelmeerstrand zurück.

Er war ein hübscher und aufgeweckter Junge mit einem charmanten Lächeln. Die vergangenen Monate hatten ihm ein bisschen Politur beigebracht, wenn der Lack auch nicht allzu kräftig angekratzt werden durfte. Er machte sich zunächst keine Sorgen. Nach dem April und den ganz reichen und großzügigen Damen kam die zweite Garnitur der weniger reichen und weniger großzügigen Damen. Aber die Konkurrenz war groß. Uwe Jensen war erstaunt, wie viele hübsche und gutgewachsene junge Männer sich an der Riviera herumtrieben und reichen Damen ihre Dienste anboten. Sie bedienten sie in den Hotels und brachten ihnen das Frühstück aufs Zimmer, sie gaben Tennis-, Reit- und Schwimmunterricht, sie turnten am Strand herum und ließen ihre vollendeten Muskeln unter der gebräunten Haut spielen. Uwe hielt sie zunächst für Fotomodelle und Dressmen, und zum Teil waren sie das auch. Aber er fand sehr bald heraus, dass sie alle das gleiche suchten: großzügige Frauen mit üppigen Bankkonten. Und Uwe Jensen suchte auch nichts anderes.

Aber die nun ankommenden Damen der zweiten Garnitur handelten mit dem Preis. Uwe hatte gerade das Notwendigste zum Leben. Eine Weinhändlerin aus Toulon hielt ihn schließlich für einige Wochen aus und schenkte ihm hinterher die Fahrkarte nach Hamburg. Uwe Jensen war gescheit genug, sie anzunehmen.

Aber bei Mercedes wollten sie von dem entlaufenen Lehrling nichts mehr wissen. Also schlug er sich mehr schlecht als recht bei Autobahntankstellen und kleinen Zufallswerkstätten durch. Gelegentlich gewährten Frauen ihm Unterschlupf, wenn auch nicht viel mehr.

Eines Tages lernte er eine Zimmervermieterin aus Hörnum kennen. Hörnum liegt auf dem Sylter Südzipfel und war einmal das Piratennest aller Räuber der nördlichen See. Die Zimmervermieterin hieß Inken Pidderlüng. Sie war jung und mit einem alten Mann verheiratet. Sie nahm Uwe Jensen mit nach Sylt, gab ihm Kost und Logis und bestand darauf, dass er sich auf der Insel eine Arbeit suchte.

Man ist auf Sylt nicht wählerisch bei der Anstellung von Arbeitskräften. Södersens Apartment-Vermietung stellte Uwe Jensen an, und dies nicht etwa nur gegen »Honorar«, wie das oft so üblich ist.

Er bekam einen festen Arbeitsvertrag und ein Gehalt, das ihn von den Zuwendungen Inken Pidderlüngs unabhängig machte.

Er tat seine Arbeit ordentlich und zuverlässig. Hanny Runne war mit ihm zufrieden. Die Kundinnen der Apartment-Vermietung fanden ihn ganz reizend und luden ihn gelegentlich für die Nacht ein. Aber die Großzügigen und Freigebigen kamen nicht in Södersens Apartment-Vermietung. Sie wohnten in den Villen im Norden, Süden oder Osten der Insel bei Freunden und Bekannten und suchten die Teilhaber ihrer Freuden nicht bei Hanny Runne und in ihrem Büro.

Uwe Jensen blieb weiterhin bei Inken Pidderlüng wohnen und erfreute sie mit seiner Gunst, wenn sie dieser bedurfte. Inken war dankbar und nachsichtig. So hatte Uwe Jensen ein geordnetes Leben. Doch in seiner Freizeit träumte er immer noch von Saint Tropez, von Geld, viel Geld und einem schwarzen Porsche.

Die Dame aus 236 war mit einem weißen Jaguar angekommen. Sie funkelte an allen Fingern und Ohren von Gold mit Edelsteinen. Sie war eigentlich noch zu jung für eine reiche Witwe. Aber möglicherweise war der Ehemann sehr alt gewesen.

Er spülte sich den Mund aus und nahm etwas Kölnisch Wasser ins Taschentuch. Dann schloss er die Tür zu Södersens Apartment-Vermietung hinter sich zu und fuhr mit dem Fahrstuhl hinauf, um die Apartments zu inspizieren, die morgen früh belegt werden sollten, und sich anschließend der Gunst einer schönen Frau zu erfreuen.

Auf der Promenade erloschen die Lichter. Ein paar Jugendliche sprangen über das Geländer und trieben Allotria in den Strandkörben. Eine zukünftige Zierde unserer Bühne erklomm das Podium der Musikmuschel und erfreute mit kräftiger Stimme die längst schlafenden Gäste des Kurzentrums:

»Habe nun, ach, Philosophie,
Juristerei und Medizin
und, leider, auch Theologie
durchaus studiert, mit heißem Bemüh 'n.
Da steh ich nun, ich armer Tor und bin so klug als wie zuvor!«

»Ruhe!«, schrie es erbost von oben.

»Heiße Magister, heiße Doktor gar
und ziehe schon an die zehn Jahr
herauf, herab und quer und krumm
meine Schüler an der Nase herum...«

Eine Signalpfeife schrillte, ein Hund bellte. Doktor Faustus schlug sich in die Büsche. Das Kurzentrum konnte weiterschlafen.

Im vierzehnten Stockwerk öffnete ein junger Mann in dunklem Rollkragenpullover mit Uwe Jensens Generalschlüssel vorsichtig die Tür zur Penthouse-Suite, die Juwelier Bartholomae aus Düsseldorf für eine Woche gemietet hatte. Die Tür war nicht einmal abgeschlossen, lediglich zugeschlagen. Man sollte nicht glauben, wie leichtsinnig die Leute sind! Von einem Juwelier sollte man das erst recht nicht glauben!

Der junge Mann trat in den Vorraum und zog lautlos die Tür hinter sich zu. Der starke Strahl seiner Taschenlampe glitt über die Leinentapeten und die Stahlkugelsessel. Der junge Mann huschte wie ein Schatten zu den Schlafzimmern. Ein zufriedener Seufzer kam aus seinem Mund. Auf dem Bett stand ein Krokodilköfferchen, nachlässig halb geöffnet. Der junge Mann streckte die Hand danach aus.

Ein leises Knurren ließ ihn herumfahren. Zwei dunkle Ungeheuer sprangen ihn an, mit flammenden Augen und blauen Zungen in finsterem Rachen.

Sie rissen ihn zu Boden. Die Taschenlampe fiel ihm aus der Hand und rollte gegen die Wand, wo sie liegen blieb und die dunklen Ungeheuer beleuchtete, die mit gefletschten Zähnen fauchend über ihm standen, bereit, diese Zähne in seinen Hals zu schlagen, sobald er sich rührte. Er hatte von Juwelier Bartholomaes Chow-Chows nichts gewusst!

»Guter Hund, lieber Hund«, murmelte er leise, und die beiden gefährlichen Rachen näherten sich drohend seinem Gesicht. Er ächzte. Die Hunde hechelten. »Geht weg, tut mir nichts«, flehte er. Er spürte ihren heißen Atem. Wagte es nicht, sich zu bewegen.

Die Taschenlampe an der gegenüberliegenden Wand warf die Schatten der Hunde riesenhaft und gespenstisch gegen die Decke. Nie hatte er solche Hunde gesehen. Wenn sie wenigstens bellen würden. Diese schweigsame Bedrohung wurde immer unheimlicher. Wenn sie bellen würden, vielleicht käme dann einer, der ihn aus dieser Lage befreien könnte...

Was würde er sagen, wenn man ihn hier fand? Konnte er behaupten, er sei von Södersens Apartment-Vermietung und hätte nur die Wohnung inspizieren wollen? Wer würde ihm das glauben? Aber vielleicht reichte es, dass er türmen konnte? Wenn doch bloß diese verdammten Köter von ihm ablassen würden!

Die Hände starben ihm ab. Die Füße schliefen ihm ein. Bei der geringsten Bewegung richteten sich die Hunde drohend auf.

Der Mond wanderte nach Westen und warf ihre Schatten nun auch noch an die Wand. Das Zimmer schien ausgefüllt zu sein nur mit den Hunden und ihren Schatten.

Er lag da, schwitzte, fror, zitterte. Kamen diese Leute denn überhaupt nicht mehr nach Hause? Selbst das Auftauchen eines Polizisten wäre ihm jetzt als Erlösung erschienen.

Endlich, endlich wurde die Wohnungstür aufgeschlossen. Eine Frauenstimme rief »Muschi, Peggi!« Die Hunde knurrten und rührten sich nicht.

»Ja, was ist denn los?«, fragte eine Männerstimme. »Was treibt ihr denn da?«

Licht flammte auf. »Leo«, rief die Frau, »wir haben Besuch! Komm doch mal her!« Sie klatschte in die Hände. Sie lachte und beugte sich neugierig wie ein Kind über den am Boden Liegenden.

Die Hunde wedelten zurückhaltend mit den Schwänzen, ohne von ihrem Opfer abzulassen. Unter der Tür erschien Herr Bartholomae, der sich bereits die Smokingschleife aufband. »Liebling, geh nicht zu nah ran«, warnte er.

Er stellte sich neben den Hunden auf, betrachtete den Einbrecher, kaute nachdenklich auf der Unterlippe, beugte sich dann herunter und durchsuchte geschickt und gründlich die Taschen seines nächtlichen Gastes. »Sie können aufstehen«, sagte er dann und zog die Hunde am Halsband zurück.

Der Besucher stand stöhnend auf. Die junge Frau Bartholomae hatte sich aufs Bett gesetzt und schaute mit glänzenden Augen zu.

»Wie sind Sie hier hereingekommen?«, fragte der Juwelier.

»Södersens Apartment-Vermietung«, murmelte der junge Mann. »Kontrollgang. Ich wusste nicht, dass hier schon vermietet ist.«

»So? Kontrollgang? Mit einer Taschenlampe und in Handschuhen?«, fragte Herr Bartholomae sarkastisch.

»Sehr merkwürdig!« Er hielt immer noch die Hunde fest, schien wieder nachzudenken. Der junge Mann zog sich vorsichtig in Richtung Tür zurück. »Machen Sie, dass Sie rauskommen!«, befahl der Juwelier. »Ich werde morgen der Sache nachgehen.«

Der junge Mann machte Beine und verschwand in Richtung der Treppe.

»Aber Leo!«, rief die junge Frau vorwurfsvoll. »Es war doch ein Einbrecher! Warum hast du ihn laufen lassen?«

»Er hat nichts gestohlen«, antwortete der erfahrene Gatte. »Meinst du, ich will mir die paar Tage Urlaub mit polizeilichen Ermittlungen verpatzen lassen? Wir hätten schon diese Nacht kein Auge mehr Zutun können!«

Sie dachte darüber nach. »Du bist ein Schatz, Leo«, erklärte sie dann bewundernd. »Mir wäre das nie eingefallen!« Sie warf ihm eine Kusshand zu und begann, sich vor dem Spiegel ihrer tragbaren Schätze zu entledigen.

Herr Bartholomae sah ihr wohlgefällig dabei zu und klopfte seinen Hunden anerkennend auf den Rücken. Sie quittierten diesen Dank mit leisem Schwanzwedeln und begaben sich gemächlich zu ihren Kissen im Schlafzimmer ihres Meisters zurück.

Der junge Mann kratzte vorsichtig an der Tür zum Apartment 236. Die Dame kam herausgeschossen. »Ich dachte schon, du bist getürmt«, flüsterte sie erregt. »Wo bist du gewesen!«

»Ich muss abhauen, gleich«, erklärte er leise. »Der Kerl hat zwei Löwen in seinem Zimmer. Ich habe zwei Stunden unter denen gelegen und mich nicht rühren können. Die Leute sind eben heimgekommen. Ich habe gesagt, ich bin von Södersen und habe Apartment-Kontrolle gemacht. Er hat mich laufen lassen.«

Sie fuhr mit der Hand zum Mund. »Er hat dir das geglaubt?«

»Natürlich nicht. Der Alte war müde und wollte einfach seine Ruhe haben. Aber vielleicht denkt er morgen anders. Schläft der Bubi noch?«

Sie nickte.

»Sieh zu, dass du ihn loswirst. Geh morgen runter und bezahle für mich. Sag, ich musste plötzlich abreisen.«

»Und wenn sie fragen?«

»Die fragen nicht. Pack du dann auch zusammen und verschwinde.«

»Und das Kerlchen?«

»Der ist morgen früh nicht da, wenn er heute Spätdienst machen musste. Und morgen Mittag bist du fort. Der ist das gewöhnt.« Er drückte ihr den Generalschlüssel in die Hand. »Gib ihm den wieder, so, dass er nichts merkt!«

Er schnippte verabschiedend mit den Fingern. »Ich werfe meinen Apartment-Schlüssel in deinen Briefkasten!« Und der junge Mann verschwand im dunklen Flur zur Treppe.

Die Dame schloss leise die Tür und betrachtete den im Sessel schlafenden Uwe Jensen. Sein Kopf hing zur Seite, sein Mund stand offen. Er sah kindlich, unschuldig und sehr jung aus. Sie steckte den Schlüssel in die Tasche seiner Jacke, die über der Stuhllehne hing. Dann rüttelte sie den Schlafenden an der Schulter. »Wachen Sie auf«, befahl sie energisch. »Sie müssen aufstehen!«

Er kam schwer zu sich. »Wie? Was?«, fragte er und erhob sich taumelnd, hatte Mühe zu begreifen, was man von ihm wollte.

»Sie müssen gehen«, drängte sie und hielt ihm die Jacke hin. Er ließ sie sich anziehen, schlief im Stehen weiter. Sie führte ihn hinaus zum Fahrstuhl und fuhr mit ihm hinunter. Er ließ alles mit sich geschehen.

Vor Södersens Apartment-Vermietung lehnte sie ihn an die gläserne Wand. Niemand war zu sehen. Jetzt zog sie aus seiner Tasche wieder den Generalschlüssel heraus; Södersens Apartment-Vermietung ließ sich ebenfalls damit öffnen. Sie schleppte den Willenlosen in den Empfangsraum, setzte ihn dort auf einen Stuhl neben der Tür, steckte ihm den Schlüssel in die Jackentasche und ließ ihn da sitzen. Er schlief sofort wieder ein.

Einen Augenblick blieb sie stehen und schaute auf ihn hinunter. »Tschüss, Bubi«, sagte sie und ging dann vorsichtig durch die Glastür, huschte zurück zum Fahrstuhl und atmete erst auf, als sich die Tür des Apartments 236 hinter ihr schloss. Niemand hatte sie gesehen.

Sie packte ihre Koffer. Sie räumte auf. Sie stellte den Wecker auf acht Uhr früh. Das Unternehmen Westerland war ein Reinfall gewesen. Sie hatte nicht einmal ein bisschen Vergnügen dabei gehabt. Aber wenigstens kamen sie mit einem blauen Auge davon. Sie legte sich schlafen. *C'est la vie!*

Dienstag

Hilla, die Putzfrau, schob ihren Kinderwagen in die Fensternische von Apartment hunderteinundfünfzig, das von seinem Mieter so überstürzt verlassen worden war. Sie sah schon, viel gab es nicht zu tun. Die Fensterscheiben waren kaum beschlagen. Beim Teppich genügte der Leifheitroller. Auf den Möbeln gab es auch nicht viel Staub.

Sie zog das Bett ab und warf die Wäsche in ihren Karren. Das Hängebord über dem Herd in der kleinen Kochzeile des Vorraums enthielt Brot und ein paar Gewürzdosen. Hilla würdigte sie keines Blickes. Der Kühlschrank war ergiebiger: Eier, Butter, Wurst, Schinken, Käse, ein paar Dosen Bier. Hilla würde für ein paar Tage kostenlose Verpflegung erster Klasse haben.

Sie drehte den Wasserhahn auf, um das Waschbecken zu scheuern. Mit einem Knall schoss ein dunkelbrauner Wasserstrahl ins Becken und spritzte braun gegen die Kacheln der Wand, auf den Spiegel und auf Hillas Kittel. Sie hatten das Wasser abgestellt, dachte Hilla, vermutlich war irgendwo ein Wasserrohrbruch gewesen. Hilla wischte die braunen Flecken von den Kacheln und dem Spiegel und begann, Waschbecken und Dusche zu reinigen.

Im Apartment darüber zankte eine helle Frauenstimme. Die Küchen und Toiletten waren untereinander schlecht schallisoliert. Wenn einer laut sprach, verstand man im Stockwerk darunter jedes Wort.

»Immer bloß Abessinien und die Oase, wo die Schwulen herumsitzen! Warum können wir nicht einmal ins Kurhaus zum Ball oder nach Kämpen zu einer Beachparty gehen? Wozu habe ich meine Kleider mitgebracht?«

Hilla wischte den Boden auf und wechselte die angebrochene Papierrolle gegen eine neue aus.

»Du bist das langweiligste, geizigste und mieseste Stück...«, erklärte die erboste Stimme von oben. Und dann erfolgte ein empör- ter Aufschrei. Ohrfeige, dachte Hilla schadenfroh. Aber sie hatte sich geirrt. »Schau dir das an! Schau dir das an!«, rief die Frau erbittert.

»Was ist denn jetzt schon wieder los?«, fragte eine gelangweilte Männerstimme.

»Alles braun! Das ganze Kleid ist braun! Aus diesem verdammten Wasserhahn ist lauter braunes Zeug gespritzt!«

»Die hatten die Leitung abgestellt. Da passiert das manchmal. Wasch es aus!«

»Aber so was geht nicht raus, das ist Rost, Rost...«

»Dann kauf dir eben ein neues!«, erklärte die sich entfernende Männerstimme.

»Apartment hunderteinundachtzig«, dachte Hilla. »Alte Ehe! Ich muss mal fragen, wer da wohnt.«

Mit Apartment hunderteinundfünfzig war sie schnell fertig. Sie fuhr ihr Baby in seinem Kinderwagen auf den Flur, packte Staubsauger und ihren Putzkram zu der Wäsche in ihren Karren und wartete auf den Fahrstuhl.

Im ankommenden Fahrstuhl stand Hellmut de Fries, der Architekt. Er stieg aus und half ihr beim Einladen. »Musst du wirklich diesen ganzen Kram mit dir herumschleppen?«, fragte er.

Sie gab keine Antwort.

Er hielt den Fahrstuhl fest und betrachtete das Kind im Wagen. »Es sieht blass aus. Kommt wohl zu wenig an die Luft!« Sie schaute an ihm vorbei, als sei er nicht vorhanden.

Er trat zurück und ließ die Tür zufallen. Hilla fuhr zum achten Stock, um Apartment 236 zu putzen, das heute ebenfalls freigeworden war.

Bartholomaes führten ihre Hunde spazieren und fuhren danach zum Mittagessen ins *Landhaus Stricker* nach Tinnum. Die Chow-Chows schliefen indessen auf ihren Kissen im Schlafzimmer ihres Herrn, und der hatte, wie er das immer tat, die Eingangstür zur Penthouse-Suite nur hinter sich zu fallen lassen.

Der Juwelier und seine Gattin trafen sich beim Essen mit einem holländischen Interessenten, der Hochkarätiges für einen englischen Schauspieler suchte und mit einem Scheck auf eine Schweizer Bank bezahlen würde.

Herr Bartholomae zeigte Fotos und Zertifikate, aber natürlich keine Wertgegenstände, was der .Interessent auch nicht erwartete.

Frau Bartholomae hielt ihren hübschen Mund und aß wenig. Der Holländer meinte, das unauffällige Edelsteinband an ihrem Hals sei so etwas, woran er gedacht hätte.

Herr Bartholomae war ein Gentleman und sagte, dass das nicht zu verkaufen sei. Frau Bartholomaes Augen versicherten ihm, er sei ein Schatz.

Auf der Promenade in Westerland spielte die tschechische Kapelle Auszüge aus *Armida* von Dvorak und dann noch einiges von Bela Bartok, obwohl der eigentlich kein Tscheche und in New York - allerdings arm - gestorben war. Danach gingen sie wie ihre Zuhörer zum Kaffeetrinken in die Friedrichstraße, wo die Reichen ihre *Creationen* und die anderen ihre Ferienkleider vorführten.

Die Zeit bis zum Abendessen füllten einige Mieter des Kurzentrums in Södersens Apartment-Vermietung aus, wo sie die Leute von der Arbeit abhielten mit Berichten aus ihrem Leben, der Aufzählung ihrer Reichtümer und ihrer Krankheiten, mit Beschwerden über Zugwind und quietschende Türen. Sie verpesteten die Luft mit ihren Pfeifen und erzählten Witzchen, über die schon der junge Barbarossa nicht mehr gelacht hätte. Hanny Runne rührte sich nicht aus ihrem dreifarbigen Büro, und ihr Personal lächelte gequält und höflich und wünschte den Schwätzern Plattfüße und Hühneraugen.

Um sieben war Feierabend, und die Redseligen verzogen sich zu ihren Fleischtöpfen. Das Personal von Södersens Apartment-Vermietung atmete auf und ging nach Hause.

Uwe Jensen hatte Spätdienst und grübelte über ein unbegreifliches Loch in seinem Erinnerungsvermögen nach. Die vielversprechende Dame aus 236 war ohne Abschied abgereist, und Uwe Jensen hatte keine Ahnung, was er mit ihr angestellt hatte.

»Non, non, cher ami«, sagte Pornokönig Harry Luke, »je suis tres content.« Er wehrte lächelnd den französischen Champagnervertreter ab, der mit einer neuen Magnumflasche herankam und einschenken wollte.

»Ah, c'est dommage!«, bedauerte der Franzose, stellte die Flasche vorsichtig ins Dünengras und ließ sich neben Harry Luke nieder. »Une nuit parfaite...«, murmelte er und deutete mit der eleganten Hand zum erhellten Strand von Munkmarsch, wo die Fackeln wie rotgoldene Fahnen im Wind flackerten und über Holzkohlenfeuern Würste und Fische an Spießen brieten.

Gläser klirrten. Mädchen lachten. Über ihnen hing der Mond wie eine Lampe und spiegelte sich in der auslaufenden Flut des Watts wie flüssiges Silber. Im Yachthafen dümpelten die Segelboote. Der Wind blies landeinwärts. Es roch nach Meer, Tang und Muscheln.

Die Beachparty war noch in vollem Gange. Harry Luke beobachtete wohlgefällig Margriet Boonefeld, Star seiner Pornofilme, ein hübsch gewachsenes Mädchen, dessen Spezialität herrlich wollüstige Schreie waren, und das von einer Karriere à la Ingrid Steeger träumte. Ihr Körper war biegsam, als hätte sie keine Knochen unter dem Fleisch. Sie trug ein leuchtend buntes Lendentuch zu afrikanisch-ornamental bemalter, nackter Haut und lachte gerade schallend über einen Witz von Johnny Dibulsen, dem Bremer Kaffeeröster. Wie Harry diesen Johnny Dibulsen kannte, war der Witz eine handfeste Sauerei.

Harry Luke runzelte die Stirn und schaute auf die Uhr. Mitternacht war vorbei. Harry Luke hatte genug von der Party. Würstchen und Champagner reizten ihn nicht mehr, so wenig wie Hummer und Kaviar. Er zog eine herzhafte

Hamburger Fischsuppe und klaren Korn vor. Aber als Gast eines Champagnervertreters konnte man das kaum verlangen. Die hübschen Mädchen mit ihren buntbemalten, nackten Oberkörpern und die männlichen Mitglieder des Clubs mit ihren keineswegs mehr jünglingshaften Magenpartien rissen ihn nicht vom Stuhl. Die Gesellschaft Elsies in Poeseldorf wäre ihm jetzt lieber gewesen. Aber Elsie rümpfte über Sylt die Nase und über seinen Broterwerb erst recht, wenn sie auch mit aller Selbstverständlichkeit das Geld ausgab, das er verdiente.

Elsie war seine erste und einzige Frau. Sie sah ein, dass er mit seinem Pornogewerbe einem öffentlichen Bedürfnis nachkam und dass man dabei genauso ehrbar sein konnte, wie wenn einer Schweinefleisch verkaufte. Aber Elsie spielte nun einmal lieber Bridge in den *Vierjahreszeiten*, ging zum Tee ins *Atlantic* und abends ins *Thalia-Theater*. Die Leute, mit denen Harry Luke Geschäfte machte, kamen ihr nicht in die Nähe.

Elsie war eine Dame, von den schmalen Brauen über den hochmütigen Augen bis hinab zu den wohlmanikürten Zehen. Sie liebte Harry Luke heute noch mit derselben amüsierten Distanz und Nachsicht, mit der sie ihn vor zwanzig Jahren geheiratet hatte. Und Harry Luke war sich bewusst, dass er mit Elsie rundherum glücklich war.

Als er Elsie heiratete, besaß sie eine kleine Druckerei. Sie druckten Briefbögen, Visiten- und Anzeigenkarten für Verlobungen, Heiraten und Sterbefälle. Sie druckten Wurfsendungen für die Lebensmittelgeschäfte, das Mitteilungsblatt des Poeseldorfer Golfclubs, alles klein, solide, einträglich. Die Gewerkschaften waren an Elsies Betrieb nicht interessiert.

Die Druckerei bedeutete für Harry Luke den Start ins große Geschäft. Um Einfälle war er noch nie verlegen gewesen. Er studierte den Markt für das Druckgewerbe und fand die vielversprechendste Lücke im Bedarf. Er wurde Verleger und Zeitungsherausgeber. Callgirl-Lebensbeichten und indiskrete Gigolo-Reminiszenzen ließen die Druckerei bald in zwei Schichten arbeiten und schließlich auch für die Gewerkschaft interessant werden. Von Mitbestimmung redeten sie allerdings noch nicht, dafür aber umso lauter von Tariferhöhung und mehr Urlaub.

Der Verband der Ärzte und Zahnärzte hatte durchgesetzt, dass seine Druckerzeugnisse den Lesezirkeln für die Praxen nicht mehr beilagen, was seinen Umsatz um einige Prozent schmälerte.

Die verfeindeten Schriftstellerverbände rümpften vereint die Nasen über seine Produkte, und seine Autoren erschienen nie in den Handbüchern und Mitgliederlisten dieser ehrenwerten Leute.

Gelegentlich erwog Harry Luke einen seriösen Zweig seines Unternehmens und betrieb entsprechende Marktanalysen. So ging er auch einmal zu einer Veranstaltung, bei der ein angeblich seriöser Autor aus seinen Werken las, ein Schriftsteller, der es verdiente, in Harry Lukes seriöser Pornographie-Abteilung herausgebracht zu werden.

Der empfohlene Autor, der von einigen fortschrittlichen Kritikern gelobt worden war, aber offensichtlich bisher noch nicht allzu sehr von einer breiten Öffentlichkeit gewürdigt wurde, las eine Stunde lang ein Kapitel aus seinem neuesten Werk, das sich hauptsächlich mit allen Aspekten und Details der Lustgefühle beim Stuhlgang befasste. Die

Zuhörer liefen nicht davon. Sie hörten sich das bis zum Schluss an. Harry Luke hatte trotzdem den Eindruck, sie fühlten sich weder belehrt noch erbaut und erst recht nicht unterhalten.

Harry Luke war zwar beeindruckt. Er bezweifelte nicht, dass Stuhlgang genau wie Sex zu den Tatsachen des Lebens gehörte und dass ein Schriftsteller das Recht hatte, über seine persönlichen Erfahrungen auf diesem Gebiet zu berichten. Aber Harry Luke bezweifelte doch sehr, dass das öffentliche Bedürfnis nach Erkenntnissen dieser Art groß genug war, um seiner Frau Elsie auch nur einen Theaterabend im *Thalia* zu ermöglichen.

Harry Luke fand sich also weiterhin mit der naserümpfenden Verachtung der Literatur ab und blieb bei seinem Leisten. In den Arzt- und Zahnarztpraxen las man ihn nicht mehr. Er konnte es ertragen. Dafür traten sich die Rentner und alten Damen jeden Donnerstag vor den Zeitungskiosken auf die Füße, um das Neueste und das immer wieder Aufgewärmte einer Sache zu erfahren, welche die eigentliche Ursache dafür ist, dass wir Eiszeiten, Erdbeben, Sintflut und Weltkriege überlebt haben.

Er schaute wieder auf die Uhr und stand auf, musste sich ein bisschen die Beine vertreten. Dem Franzosen, der verstohlen hinter der Hand gähnte, nickte er freundlich zu. Na ja, der war auch nicht mehr zwanzig, und einem Champagnervertreter hingen Beachparties vermutlich genauso zum Hals heraus wie einem Pornofabrikanten Sex und nackte Mädchen.

Er stieg hinauf zum Dünenpfad. Der Himmel war nicht schwarz, er war wie ein sanftes Glänzen im Unendlichen. Über dem Meer lag ein Perlenschimmer. Er hörte das Rauschen der Brandung im Westen. Im Norden strich der Lichtfinger des Kampener Leuchtturms über den Horizont und die Heide, glitt über die dunkle Silhouette der alten *Mariann*, das Schiffswrack im Braderuper Watt.

Dort, am Beginn der Kampener Wattwiesen, stand Harry Lukes erstes Haus auf Sylt, mit dem ihn ein cleverer Hamburger Makler übers Ohr gehauen hatte. Harry Luke ärgerte sich, wenn er daran dachte. Das Haus stand zu tief im Watt. Der Keller war nicht, wie bei anderen Häusern, eine Betonwanne. Bei jeder Sturmflut stieg das Grundwasser bis zur Kellerdecke. Das Haus wurde nie richtig trocken; es roch ständig feucht und muffig bis unters Dach. Alle Türen und Möbel verzogen sich durch die Nässe, und wenn man nicht aufpasste, liefen die Ratten noch auf dem Blitzableiter spazieren und fraßen die Stechmücken, die in Scharen im Reetdach hausten.

Harry Luke wohnte jetzt in Morsum im Inselosten, wohin sich die kluge Prominenz vom Touristenrummel zurückgezogen hatte, und ließ seit dem Frühjahr das Haus am Weißen Kliff von Södersen in Westerland vermieten. Er würde es sofort verkaufen, sobald einer den Preis dafür zu zahlen bereit war. Hoffentlich passierte das noch vor der nächsten Sturmflut!

Der Champagnervertreter war ihm nachgekommen. Harry Luke deutete nach dem schwarzen Schiffsrumpf im Schlick. »Vor zwanzig Jahren hätten Sie herkommen sollen, Monsieur. Da war die alte Dame noch ein rüstiger Dreimastschoner, Siebenzentimeter-Planken und Achtzehnzentimeter-Spanten, massive Steineiche, Jahrgang neunzehnhunderteins. Innen alles Mahagoni und blankes Messing, Romantik hinter jeder Bohle. Damals wollte ich eine Teestube daraus machen, mit ein paar hübschen Spielchen und netten Mädchen und so, versteht sich. Aber das wäre vermutlich zu viel Konkurrenz für das Casino in Westerland gewesen. Die Leute sagten einfach nein, keine Teestube, keine Coca Cola, keine Limonade, nein!

Er lachte und stieß den Franzosen in die Seite. »Mit Champagner wäre vielleicht etwas zu machen gewesen. Das hatte ich damals aber noch nicht begriffen. Na ja, vergangener Traum. Kein Champagner für Braderup, und die *Mariann* verrottet. Eine Zeitlang haben ein paar linke Hippies drauf gehaust, aber die sind dann vor den Ratten ausgerissen.« Er blickte nachdenklich über das Watt.

Der Mond schien bleicher als die Sterne. Im weichen Nachthimmel zogen Wolken, die der Wind nach dem Festland hinübertrieb. Irgendwo im Norden schien es zu regnen. Plötzlich stand über dem Watt ein silberner Regenbogen, durchsichtig und zart wie von Feen-Hand gewoben. Das Meer begann zu leuchten in einem geheimnisvollen und unwirklichen Licht. Das alte Schiff lag schwarz und drohend in der fremden Helligkeit über dem Wasser. Der dunkle Fährmann mit seiner Laterne sang das Lied vom Tod und Sterben, während er ruderte. Und die leise Dünung übernahm raunend die Melodie, wenn sie an den wiegenden Booten im Yachthafen auflief.

»Magnifique«, murmelte der Monsieur.

Unten am Strand flackerten die Fackeln und lachten die Gäste des Franzosen, die zu gebratenen Würstchen seinen Champagner tranken. Die sentimentale Gitarrenmusik kam von einer Tonbandkassette. »Hotte«, rief ein Mädchen, »bring was von Danny!«

Der Wind spielte mit den Fahnen im Hafen, mit den Gräsern, mit den Fackeln am Strand und mit Harry Lukes Haaren. Der Wind ist auf Sylt zu Hause, und wenn er nicht weht, beten die Leute zum lieben Gott, er möge wieder wehen. Harry Luke liebte den Wind auf Sylt, die Sonne über Sylt, die Abende, die Nächte; er liebte Sylt sogar im Regen. Er konnte nie genug bekommen von dieser Insel.

Aber er hatte heute genug von Musik und Würstchen und seinen Gefährten. Er hatte die Hände in den Taschen seiner hellen Hose vergraben und deutete mit dem Kinn nach dem dunklen Schiffswrack im Norden. »Ich war neulich mal drauf. Es ist nur noch ein Skelett, verrottet, zerfallen, ausgeräumt bis auf den letzten Nagel. Vor zwanzig Jahren hätten Sie es sehen sollen! Na ja!« Er begann, die Dünen wieder hinabzusteigen. »Vielen Dank für den Abend, Monsieur, au revoir! Ich fahr' nach Hause.«

Sein heller Mercedes stand auf dem Parkplatz des Yachthafens. Harry Luke schlenderte in matter Zufriedenheit den Dünenweg entlang. Café Munkmarsch am Hafen lag im Dunkeln. Wie viele Erinnerungen erwachten beim Anblick des langgestreckten weißen Hauses! In wie vielen Freudenliedern, Lebensbeichten, Jahresfeiern wurde Café Munkmarsch besungen! Harry Luke verzog das Gesicht. Sie nannten sich jetzt *Restaurant* und boten französische Küche. Französische Küche und Champagner auf Sylt! Das musste man den Franzosen lassen, sie verstanden es, den Deutschen den Hering abzugewöhnen. Und er selbst hatte sein Schiff »Yvonne« getauft, aus Trotz, weil Elsie ihren Namen dafür nicht hatte hergeben wollen.

Er hob die breiten Schultern und schob die Hände tiefer in die Taschen. Elsie war seine Frau, die *Yvonne* seine Geliebte, und Sylt war sein Urlaubsvergnügen. Er würde am Wochenende nach Hause fahren und sich dann mit seinem Betriebsrat herumschlagen. Die Drucker hatten die Tarife gekündigt. Und Harry Luke wollte den Betrieb auf Computer umstellen. Es würde Ärger auf der ganzen Linie geben!

Er setzte sich in seinen Wagen und fuhr auf der Munkmarscher Chaussee zurück nach Morsum, wo die dunkle Gefahr aller reichen Leute auf ihn lauerte.

Mittwoch

Hanny Runne unterschrieb den letzten Brief und klappte die Unterschriftenmappe zu. »Die Huberin ist abgehauen«, sagte sie. »Sie hat einen gefunden, der sie mit nach München nimmt.« Sie schaute auf den Kalender. »Jetzt ist es Mitte August. Da sind die Strandjulen fällig! Die erste, die kommt, stellen wir ein, Lisbet!«

»Ich brauche ein paar Tage Urlaub. Manne hat eine Ausstellung in Hamburg am Steintor. Ich wäre gern dabei. Vielleicht kommt eine mit Bürokenntnissen, die könnte mich vertreten.«

»Gut, aber nachher muss sie putzen! Ich will Hilla ein bisschen entlasten. Sie kommt mit dem Kind zu wenig an die Luft.« Hanny Runne wachte über Hilla wie eine Mutter über eine missratene Tochter.

Lisbet Jörgensen, Sekretärin und Vertraute, Hanny Runnes rechte und linke Hand, nickte. Auch sie war einmal als Strandjule bei Hanny Runne aufgekreuzt. Heute war sie das zufriedene Eheweib des Kunstmalers Manne Jörgensen in Wenningstedt. Aber ohne Hanny Runnes unsentimentalen Beistand wüsste sie nicht, wie sie damals über die Runden gekommen wäre, als sie abgebrannt, enttäuscht und von einer energischen Wirtin an die Luft gesetzt in Södersens Apartment-Vermietung auftauchte und um Arbeit bat. »Sie können putzen!« nickte damals Hanny Runne. »Was brauchen Sie als Vorschuss?«

Auf Sylt beginnt die Hochsaison am fünfzehnten Juli und endet am fünfzehnten August. In dieser Zeit ziehen die begüterten Playboys aus ganz Europa wie die Zugvögel zum nördlichsten Punkt Deutschlands, und in ihrem Gefolge reisen die schönsten Mädchen und Jünglinge dieses Kontinents. Die Klatschspalten aller Boulevardblätter nehmen aufmerksam Notiz davon, wer mit wem und wer mit wem nicht mehr oder schon wieder zusammen ist, zuvorkommend versorgt von dunklen Existenzen in den Kurverwaltungen von Kämpen, Westerland oder Keitum.

Alljährlich um diese Zeit lesen schöne oder zumindest junge Mädchen vom Highlife auf Sylt und träumen davon, dort einem schönen und reichen Jüngling zu begegnen, der sich in sie verliebt und sie in dieses Highlife einführt. Sie kommen in Scharen nach Sylt, mit den modischsten Fähnchen bekleidet und mit den magersten Portemonnaies in der Tasche.

Aber die reichen Jünglinge reisen in der Gesellschaft ebenso reicher junger Mädchen, und die nur schönen Knaben sind auf der Jagd nach reichen älteren Damen. So werden die jungen und mittellosen Mädchen die leichte Beute für die reichen älteren Herren, die just deshalb nach Sylt kommen, um dort ein schönes und junges Mädchen für vier Wochen zu genießen. Spätestens am fünfzehnten August ist die Herrlichkeit vorbei, und die Kinder sitzen auf der Straße. Oft haben sie nicht einmal das Geld für die Heimreise, und niemals haben sie ein Versprechen für später oder auf Dauer.

Die Vernünftigsten suchen sich dann sofort einen Job auf Sylt. Während der Saison herrscht auf der Insel ein immenser Bedarf an Personal: Putzfrauen, Kellnerinnen, Babysitter, Verkäuferinnen, Schreibkräfte. Die Einheimischen nennen die so Gestrandeten nachsichtig und ohne jede Bosheit *Strandjulen*. Sie nutzen sie skrupellos aus, indem sie ihnen *Honorar* zahlen, ohne Lohnsteuer und Krankenkassenabgaben. Aber das enttäuschte Geschöpf hat im Handumdrehen das Geld beisammen für die Unterkunft in einem spärlich möblierten Loch, das die Einheimischen selbst an die anspruchslosesten Gäste nicht losgeworden sind; es reicht zum Leben und endlich für die Heimfahrt. Lisbet Jörgensen war auf diese Weise zu Södersens Apartment-Vermietung gekommen, hatte Manne Jörgensen getroffen und geheiratet. Hanny Runnes damalige Sekretärin war inzwischen nach Flensburg verzogen, und Lisbet hatte sie abgelöst. Lisbet würde sich jederzeit für Hanny Runne in Stücke reißen lassen.

Antje Webern streckte den kurzgeschorenen blonden Kopf durch die Tür zu Hanny Runnes Büro. »Wollen Sie die Bildzeitung sehen?«, rief sie und schwenkte das Blatt. »In Morsum haben sie Harry Luke entführt!«

In den für die Bildzeitung typischen Riesenlettern knallte die Überschrift:

Pornokönig Harry Luke auf Sylt entführt!

»Was? Geben Sie her!«, rief Hanny Runne, und die drei Frauenköpfe beugten sich über den neuesten Aufschrei des Sensationsblatts.

Harry Luke, Besitzer einer Verlagskette für Pornoliteratur und Pornozeitschriften und Produzent berüchtigter Pornofilme, wurde in den Morgenstunden bei der Heimkehr von einer Champagnerparty in Munkmarsch, wo er seine Segelyacht Yvonne *liegen hat, von Unbekannten entführt, gerade, als er seinen eigenen Wagen in die Garage seines Hauses gefahren hatte. Die Haushälterin sah, wie ihn zwei*

Männer niederschlugen, in einen hellen Lieferwagen zerrten und dann auf der Straße nach Tinnum davonfuhren. Bis jetzt fehlt von dem Entführten jede Spur.

Die Bilder zeigten Harry Luke im Kreis seiner Porno-Hauptdarsteller, vor seinem reetgedeckten Haus in Morsum und am Steuer seiner Luxusyacht »Yvonne«: ein strammer Endvierziger mit schmalen Hüften und gelockter Mähne.

»Prima«, sagte Antje Webern und krauste das hübsche Naschen. »Hoffentlich schmeißen sie ihn in die Kläranlage am Rantumbecken. Da kann er sich ausstinken, das Ferkel!«

»Er war mal hier«, sagte Hanny Runne. »Er ist ein Mordskerl!«

»Pfft«, machte Antje Webern verächtlich und warf den Kopf zurück. »Er ist trotzdem ein Ferkel!«

Hellmut de Fries, ganz in makellosem Weiß, kam durch die offenstehende Tür in Hannys Büro herein. »Telefon für Fräulein Webern«, sagte er lässig und trat näher, um sich ebenfalls die Bildsensation anzusehen.

Antje Webern flitzte hinaus zu ihrem Telefonapparat. Hanny Runne überließ dem Holländer das Blatt. Lisbet Jörgensen nahm ihre Unterschriftenmappe und verzog sich an ihre Schreibmaschine im Empfangsraum. Hellmut de Fries überflog ruhig die Zeitungsmeldung und legte das Blatt dann wieder auf Hanny Runnes Schreibtisch. »Sieht aus, als käme ich bald zu meinem Auftrag«, sagte er lächelnd.

Sie wiegte zweifelnd den Kopf. »Glauben Sie?«

»Ich bin sicher«, antwortete er. »Jetzt braucht er Geld.« Er ging wieder an seinen Tisch draußen zurück. »Sie sollten nicht so viel rauchen«, sagte er zu Antje Webern, die sich gerade eine Zigarette ansteckte. »Die Luft ist hier zum Schneiden. Dies ist ein Büro und kein Wirtshaus!«

Antje Webern schaute hinüber zu Lisbet Jörgensen und rollte die Augen. Sie bedachte den feinen Niederländer in seiner weißen Hose mit einer Grimasse, die er nicht zur Kenntnis nahm.

Herr de Fries hielt auf Abstand und soziale Würde. Zwar arbeitete er für ein winziges *Honorar* ohne Lohnsteuerabzug und Krankenkassenbeitrag in Södersens Apartment-Vermietung. Aber er war immer noch der Herr Architekt und Besitzer des teuersten Apartments unter dem Dach. Keiner in Södersens Apartment-Vermietung konnte ihn ausstehen, aber jeder gestand ihm neidvoll zu, dass er ihrem Laden eine ungewöhnliche Würde verlieh und einfach eine Sensation war.

Am Empfangstisch verhandelte Uwe Jensen mit zwei älteren Damen, die sich beklagten, dass erstens der Staubsauger in ihrem Apartment fehle, zweitens die Nachttischlampe nicht funktioniere und drittens eine Wasserlache auf dem Balkon stehe. Uwe Jensen versprach umgehend Abhilfe.

Emmo Anderson, der Dummbeutel der Firma, bewunderte Hilla, die Putzfrau, und neigte sich freundlich hinunter zu ihrem Kind. Es saß in seinem Wagen und betrachtete mit ernsthaftem Gesicht Kommen und Gehen in Södersens Apartment-Vermietung. Es war ein Junge mit den Bernsteinaugen seiner Mutter und ihren dunklen Haaren.

Nie sah man ihn lachen oder weinen. Hillas Baby war das artigste Kind in einer Welt voller Schreihälse.

Sie war eine Strandjule des vergangenen Sommers, die bei Hanny Runne gelandet war und mit deren Fürsorge ihr Baby zur Welt brachte, dessen Vater niemand kannte. Sie putzte Apartments und nahm dabei Kind und Kinderwagen mit. Der Wagen war ständig dekoriert mit Plastiktüten, in denen Hilla die von den Gästen zurückgelassenen Lebensmittel mit nach Hause trug - es war erstaunlich, was die Leute so alles zurückließen. Simple Dinge wie Zucker, Mehl, Waschpulver und Filterpapier sahen Södersens Putzfrauen gar nicht mehr an -, und außerdem zog sie eine Karre mit sich, wie man sie als Einkaufswagen in Supermärkten sieht, und in der sie Staubsauger, Bettwäsche, Scheuerlappen und hunderterlei Gerät für geheimnisvolle Putzzwecke beförderte. In einem Apartment, wo Hilla mit beiden Karren auftauchte, gab es für nichts anderes mehr Platz.

Antje Webern versicherte am Telefon, dass vor Ende September kein einziges Apartment auf der Seeseite mehr zu haben sei, und Lisbet Jörgensen steckte die unterschriebenen Briefe in Briefumschläge und klebte sie zu.

Auf dem Dach untersuchten zwei Techniker der Hamburger Wartungsfirma das Getriebe des Fahrstuhls. Sie schmierten und ölten und überprüften jedes Zahnrad und Relais. »Die Kiste ist in Ordnung«, sagten sie schließlich zu Hausmeister Hansen, der dabeistand und ihnen auf die Finger sah. Sie packten ihre Werkzeuge zusammen, ließen sich in Södersens Büro ihren Arbeitszettel abzeichnen und fuhren zufrieden nach Hamburg zurück.

In der Hamburger Villa des Verlegers Harry Luke klingelte das Telefon, und als die Frau des Entführten den Hörer abnahm, verlangte eine Männerstimme »drei Millionen in gebrauchten Hundertmarkscheinen! Alles Weitere kommt noch!«

Der Polizeitechniker prüfte befriedigt die Tonqualität der Aufnahme auf dem Band. Er spielte sie der armen Frau zwanzigmal vor, aber sie hatte diese Stimme nie gehört.

Kurz vor Feierabend erschien die erste Strandjule in Södersens Apartment-Vermietung. Sie war ein langbeiniges Geschöpf mit kräftigen Schultern, schmalen Hüften und dem selbstbewussten Kinn von Leuten, die wissen, was sie wollen. Niemand, der dieses sportlich gekleidete Frauenzimmer an der Empfangstheke stehen sah, hätte es für die entlassene Sommerfreundin eines Sylter Lebemanns gehalten. Aber in Södersens Apartment-Vermietung wunderte man sich über nichts mehr.

Sie sagte, sie heiße Elke Watten, könne stenografieren, Maschine schreiben, kochen, putzen, Hunde ausführen und, wenn es nötig sei, könne sie sogar Strümpfe stopfen. Sie sei bereit, jede verlangte Tätigkeit auszuführen, wenn man sie dafür bezahle und ihr eine Schlafgelegenheit verschaffe.

Herr de Fries hob den schmalen Kopf, schenkte ihr einen abschätzenden Blick und widmete sich dann wieder seiner Aufstellung der vermieteten Garagenplätze. Uwe Jensen ließ sich dazu herab, sein charmantes Playboy-Lächeln an sie zu verschwenden, denn von einer Strandjule war kaum eine Verzinsung dieser Mühe zu erwarten. Emmo Anderson verglich sie mit Hilla und fand, dass ihm die Neue nicht gefiel. Antje Webern grinste und sagte: »Sie kommen wie gerufen!« Lisbet Jörgensen ging hinein zu Hanny Runne und bat sie, doch einmal herauszukommen und sich das neueste Strandgut der Sylter Küste anzusehen, es mache einen verdammt guten Eindruck.

Hanny Runne betrachtete das Mädchen, das sich Elke Watten nannte und so aussah, wie Hanny Runne vor zwanzig Jahren gern ausgesehen hätte. »Wir zahlen Honorar«, sagte sie, »sechs Mark fünfzig die Stunde, keine Sozialbeiträge. Sie müssen in den nächsten acht Tagen Frau Jörgensen vertreten, und wenn Sie dann noch dableiben wollen, müssen Sie putzen.«

Fräulein Watten zuckte nicht mit der Wimper. »Ich tu' alles«, sagte sie schlicht. »Können Sie mir ein Quartier nachweisen?«

»Haben Sie Geld?«

»Nein.«

»Gepäck?«

»Einen Koffer, im Bahnhofschließfach.«

Der Koffer im Bahnhofschließfach war bei den Strandjulen so typisch, dass jeder im Büro schon grinste, ehe das Wort fiel. Selbst Herr de Fries lehnte sich in seinem Stuhl zurück, verzog die Lippen zu einem amüsierten Lächeln und wiegte mitfühlend den Kopf. Man hatte ihm die Bedeutung dieses Koffers im Bahnhofschließfach schon so oft und so ausführlich erklärt, dass er ungewollt Anteil an jedem nahm, der tatsächlich einen Koffer im Bahnhofschließfach hatte. Dann aber wandte er sich wieder dem Studium der Garagenplätze zu.

»Ich will sehen, was ich tun kann«, sagte Hanny Runne. »Lassen Sie sich von Lisbet einweisen. Sie können sofort anfangen.«

»Sie wissen nicht, wie dankbar ich Ihnen bin«, antwortete das neue Mitglied von Södersens Apartment-Vermietung, und trotz des energischen Kinns und der selbstbewussten Haltung klang es tatsächlich dankbar.

»Fein«, erklärte Lisbet Jörgensen, »kommen Sie herein. Ich zeige Ihnen, was Sie wissen müssen.« Hanny Runne zog sich in ihr grün-braun und honigfarbenes Büro zurück.

Hanny Runne dachte selten über sich und ihre Ansprüche an das Leben nach. Sie war nicht gutmütig, aber sie half, wo sie glaubte, dass Hilfe angebracht war, und sie verband diese Hilfe in aller Selbstverständlichkeit mit ihrem eigenen Vorteil. Sie hatte schließlich ein Geschäft und kein Wohltätigkeitsinstitut. Aber mit dieser praktischen und eigennützigen Einstellung erreichte sie noch immer, dass der andere, dem sie half, dankbar sein und trotzdem seinen Stolz behalten konnte.

Sie rief Inken Strandvogt an. »Wir haben eine Strandjule und brauchen sie dringend. Kein Dach über dem Kopf, kein Geld und einen Koffer im Bahnhofschließfach. Kann sie deine Dachkammer billig haben?«

»Sie kann sie umsonst haben, wenn sie am Wochenende im Haushalt hilft und den Curry ausführt. Was macht sie denn für einen Eindruck?«

»Eine Dame«, sagte Hanny Runne nach kurzer Überlegung. »Du musst herauskriegen, auf wen die hereingefallen ist.« Sie lachte. »Auf jeden Fall ist sie groß und kräftig und scheint zu wissen, wie man einen Feudel anfasst. Tschüss, bis heut' Abend!«

Hanny Runne war vor fünfzehn Jahren nach Westerland gekommen. Es war Ende Oktober gewesen; die Insel lag grau und hässlich im Regen. Herr Södersen hatte gerade die Hausverwaltung des Kurzentrums übernommen und suchte für seine Apartment-Vermietung eine Geschäftsführerin. »Aber«, so erklärte er sofort dem Fräulein, das sich um diesen Posten bewarb, »um eine Wohnung müssen Sie sich selbst kümmern.«

Natürlich war dies das faule Ei – und es und der Grund, warum er bereit war, eine unerfahrene Frau ohne Vorkenntnisse einzustellen. Eine Mietwohnung auf Sylt zu finden, gehört zu den Wundern der Märchen. Die Sylter vermieten während der Saison jede freie Ecke an Gäste, und im Winter verlassen sie die Nebelecke im Norden und verprassen das verdiente Geld in Lugano oder an ähnlich warmen Orten. Schließlich liegt Sylt auf dem fünfundfünfzigsten Breitengrad, das ist die Höhe von Alaska und Sibirien, und wer es nicht glaubt, der sehe im Atlas nach.

Hanny Runne glaubte zunächst, es müsse eine Kleinigkeit sein, mit einer Apartment-Vermietung eine Wohnung auf der Insel zu finden. Sie wohnte zunächst in einer billigen Pension, deren Besitzer ihr bald erklärten, sie machten nun über den Winter zu, und das Fräulein möge sich anderswo eine Bleibe suchen.

Nach einer erschöpfenden Wohnungssuche, als sie sich schon mit dem Gedanken vertraut machte, dass sie nur auf dem Festland eine Wohnung finden würde, geriet sie an Inken Strandvogt, eine Frau, die genau wie alle anderen jede Ecke ihres hübschen roten Backsteinhauses am Bundiswung an Gäste vermietete, und diese Gäste kamen seit zwanzig Jahren immer wieder.

Inken Strandvogt war in jeder Hinsicht das genaue Gegenteil von Hanny Runne. Wo die ehemalige Soubrette rosig und rund war, war Inken Strandvogt hager, groß und windgegerbt. Sie trug das braune Haar schlicht nach hinten gekämmt. Hinter der Brille blitzten zwei sehr lebendige und kühle graue Augen, denen kein Fleck in der Wäsche und keine falsche Bewegung entging. Aber sie hatte die Stimme eines jungen Mädchens und war von jener angenehmen Neugier, die sich für alles interessiert, über alles wundert und nachdenkt, aber nie durch Schlüssellöcher guckt oder fremde Briefe liest.

»Jetzt ist Oktober«, sagte sie zu der Wohnungsuchenden. »Bis zum Frühjahr können Sie hier zum normalen Mietpreis bleiben. Aber spätestens im April müssen Sie raus. An Ostern kommen meine ersten Gäste.«

Hanny Runne zog zu Inken Strandvogt, und die beiden Frauen verstanden sich vom ersten Abend an. Jede hatte in den Augen der anderen ein sonderbares und anziehendes Verhältnis zur Kunst oder was sie sich darunter vorstellten, und keine verstand etwas von der Kunst, die die andere verstand. Hatte die jetzt zur Geschäftsfrau gewordene Hanny Runne einmal auf der Bühne gestanden und von Ruhm und Karriere geträumt, so trug heute die kühl rechnende Zimmervermieterin Inken Strandvogt jeden herausgewirtschafteten Hundertmarkschein nach Dänemark und gab ihn aus für dänische Keramik.

Die Wände ihrer Zimmer, der Diele und des Treppenhauses zierten Tongebilde in gedämpften und leuchtend bunten Farben, blanke, glatte, matte oder raue Oberflächen, Eisenkonstruktionen mit farbig emaillierten Platten, primitive Glasuren mit gegenständlicher Ornamentik, menschliche Gestalten, fratzenhafte Wesen und magische Zeichen. Sie liebte die schweren, archaischen Formen dieses nordischen Gewerbes, dessen Gebrauchsgegenstände rein von der Funktion bestimmt werden und dessen Kunst frei ist von jeder sozialen Anklage. Zylinder, Kegel, Kugel; die Dekoration ist die Hauptsache.

Im Grunde genommen war diese Neigung gar nicht so ausgefallen, wie man zunächst glauben möchte. Schließlich holten sich die Sylter seit Jahrhunderten aus Holland die blauweißen Kacheln, mit denen sie ihre Wände schmückten. Sie haben venezianische Lampen und chinesisches Messing, und manchmal wissen sie selbst nicht, wo das Zeug herkommt, das ihre Stuben ziert und das Großvater oder Urgroßvater hier einmal angeschleppt hat. Die Kapitänshäuser in Keitum sind für die Antikensammler aller Welt immer noch begehrte Fundgruben.

Inken Strandvogt lebte heute und liebte dänische Keramik. Sie wusste alles darüber, was es zu wissen gab. Und sie brachte Hanny Runne ein neues Verständnis bei für Stil und Formen dieses meist von Frauen ausgeübten Gewerbes.

Als Gegenleistung erfuhr Inken Strandvogt von Zwerchfellatmung, Tonleiterübungen und den Querelen hinter den Kulissen eines kleinen Theaters, die einer niedlichen kleinen Sängerin mit kühnen Träumen einmal das Metier verleidet hatten. Auch hier wieder verriet sich Inken Strandvogts sympathische Neugier. Sie interessierte sich für alles, was mit diesem geheimnisvollen Begriff Theater zusammenhing. Sie stellte mehr Fragen, als Hanny Runne beantworten konnte. Natürlich begriff sie, dass die Freundin heute nichts mehr gemein hatte mit dem Wesen, das einst enttäuscht dem Theater den Rücken wandte. Aber dass sie einmal in dieser geheimnisvollen Welt aus Musik, Gesang und hehren Gefühlen zu Hause gewesen war, gab Inken Strandvogt die gleiche Genugtuung wie die dänischen Tongebilde, die von begabten Frauen mit künstlerischen Händen geformt und verkauft worden waren und nun Inken Strandvogts Wände schmückten.

An Ostern wohnte Hanny Runne immer noch bei Inken Strandvogt, und an Pfingsten nahm Inken eine Hypothek auf ihr rotes Haus auf. Hanny Runne hatte einen Bausparvertrag, dazu einige Ersparnisse, und außerdem pumpte sie Herrn Södersen an. Sie bauten gemeinsam im weitläufigen Wiesengrundstück hinter Inken Strandvogts Haus einen flachen Bungalow, in dem Hanny Runne eine Zweizimmerwohnung bekam und Inken Strandvogt zwei Apartments mit Dusche und Kochnische für jeweils zwei Personen. Selbstverständlich gehörten jedes Jahr diese Apartments von Inken Strandvogt zu den ersten, die durch die Apartment-Vermietung Södersen vermietet wurden.

Und es war Inken Strandvogts Haus, in dem das gestrandete Fräulein Watten landete. Das Kämmerchen unter dem Dach enthielt nicht mehr als ein altes Bett, einen Stuhl und einen Kleiderrechen an der Wand. Auf dem winzigen Vorplatz neben der Treppe, die eigentlich mehr eine Hühnerleiter war, gab es ein winziges Waschbecken mit einem ebenso winzigen Spiegel darüber. Das war alles. Aber dieses »alles« war blitzsauber wie das ganze Haus. Dänische Keramik gab es hier oben freilich nicht. Hanny

Runne hatte hier einmal einen ganzen Sommer lang gewohnt; Fräulein Watten würde es ebenfalls überleben.

Fräulein Watten erklärte sich einverstanden, am Wochenende beim Hausputz zu helfen, und sie würde ebenso gern morgens vor dem Büro und abends nach der Rückkehr den Hund Curry ausführen.

Der Hund Curry wurde gerufen und entpuppte sich als eine jener Hundetragödien, die auf Sylt so zahlreich sind. Curry war ein grauer Zwergschnauzer mit einem ellenlangen Stammbaum. Ein Ehepaar aus Celle war seiner überdrüssig geworden und hatte ihn Inken Strandvogt dagelassen.

Nachdem die Herrschaften abgereist waren, trauerte Curry einige Wochen und fraß nur das Allernötigste; danach wurde er verrückt. Er verbellte jede Fliege an der Wand, drehte sich minutenlang ohne Grund und Sinn um den eigenen Schwanz, erschrak, wenn man ihn plötzlich ansprach, und begann zu zittern, wenn das Telefon klingelte. Sobald sich die Haustür öffnete, entwischte er und lief davon. In der Friedrichstraße oder auf der Promenade gesellte er sich wildfremden Leuten zu, die Namen und Adresse am Halsband feststellten und Curry in den Bundiswung zurückbrachten. Inken Strandvogt ärgerte sich grün und gelb über das verrückte Vieh, aber sie dachte natürlich nicht daran, sich von Curry zu trennen.

Curry wurde also Fräulein Watten vorgestellt und ermahnt, sich anständig zu benehmen. Der Hund wedelte freundlich mit dem Stummelschwanz und beroch die Fesseln der neuen Hausgenossin. In seine gelben Augen trat ein erstauntes Leuchten. Irgendein verwehter, vermisster, geliebter Hauch traf seine Nase. Curry wusste nicht, was mit ihm geschah. Plötzlich hatte ihn die Liebe geschlagen, die ja nicht nur den Menschen überfällt. Er schloss die Augen und seufzte. Ein unbegreifliches, nie gekanntes Glücksgefühl zerriss ihm fast das Herz. Currys rote Zunge leckte hingegeben über zwei schmale Fesseln in Nylonstrümpfen und war danach nicht mehr zu bewegen, sich von diesen Fesseln weiter als zwei Meter zu entfernen.

»Ja, sehen Sie sich den Curry an!«, rief Inken Strandvogt. »Der küsst Ihnen ja die Füße! Curry, du verrückter Hund! Haben Sie Hunde gern?«

Fräulein Watten sagte, dazu könne sie gar nichts sagen. Sie hätte noch nie einen Hund besessen, hätte nie damit zu tun gehabt und könne auch gar keinen Hund gebrauchen. Aber Curry hätte einen Schnauzbart wie ihr Großvater, den sie sehr gern gehabt hätte. »Es gibt eine Seelenwanderung. Vielleicht ist er es!«

Inken Strandvogt war bereit, diese Erklärung zu akzeptieren. Aber sie nahm sich vor, ihren Pensionsgästen über diesen neuen Aspekt von Currys Verrücktheit zu erzählen.

Curry begleitete das Mädchen in die Dachkammer und ließ sich dort nieder, wobei er unter den Büscheln seiner mächtigen Augenbrauen hervor jede Bewegung Fräulein Wattens aufmerksam verfolgte.

Später ließ er sich widerstandslos an die Leine nehmen, als das neue Wesen versprach, mit ihm spazieren zu gehen. Er blieb gesittet

an ihrer Seite, als sie mit ihm die Süderstraße entlangbummelte. Am Gaadt gesellte sich ein junger Mann zu ihnen, mit der knapp sitzenden Hose und dem kurzen Haarschnitt der Schwulen. Er begrüßte Fräulein Watten wie eine alte Bekannte. Dann beäugte er Curry mit hochgezogenen Brauen und sanfter Missbilligung. Sie unterhielten sich halblaut und nahmen keine Notiz von ihrer Umgebung.

Am Seedeich verabschiedete sich der junge Mann und ging den Senwai hinunter, während Fräulein Watten und Curry zur Süderstraße umkehrten. Curry beroch interessiert Bordsteine und Gartenzäune. Fräulein Watten wartete geduldig, bis er alles untersucht und alle Straßenbäume angepinkelt hatte, die in Westerland über drei Meter Höhe windschief sind.

Curry war es völlig gleichgültig, was Fräulein Watten mit merkwürdigen jungen Männern trieb. Er fühlte sich in ihrer Gesellschaft wie ein neuer Hund und machte keine Anstalten auszureißen, als sie wieder zu Hause ankamen.

Er legte sich Fräulein Watten zu Füßen, als Inken Strandvogt das Mädchen zum Abendessen in ihrer Küche einlud. Fräulein Watten spülte nachher das Geschirr und versuchte, Inken Strandvogt über Hanny Runne und Södersens Apartment-Vermietung auszufragen. Sie hörte sofort auf, als sie merkte, dass sie damit bei Inken Strandvogt schlecht ankam. Später verabschiedete sie sich höflich und nahm den Hund mit aufs Zimmer, was Curry in einen Freudentaumel versetzte und Inken Strandvogt zu einem nachdenklichen Kopfschütteln veranlasste.

»Hanny«, sagte sie später, als ihre Sommergäste im Wohnzimmer alle Stühle vor dem Fernseher beschlagnahmt hatten und sie mit der Freundin in der gemütlichen Küche bei Klarem und Portwein zusammensaßen, »dieses Mädchen ist nicht das, was es zu sein vorgibt. Das ist keine Strandjule! Ich habe sie nicht gefragt, und sie hat auch nichts erzählt. Aber kannst du dir das vorstellen, mein verrückter Curry schleckt ihr die Füße ab!«

Und dann erörterten sie lustvoll die Entführung des Pornokönigs Harry Luke und die Lösegeldforderung von drei Millionen, über die das Fernsehen in der Abendschau berichtet hatte. »Drei Millionen, Hanny!«, sagte Inken Strandvogt überwältigt.

»Die hat der nie!«, erklärte die geschäftserfahrene Hanny Runne.

»Weißt du eigentlich, wieviel drei Millionen in Hundertmarkscheinen sind? Wir haben das heute im Büro mal ausgerechnet. Das ist ein Geldscheinstapel von ungefähr sechs Meter Höhe! Die Burschen können nicht bei Trost sein! Wie wollen die das transportieren? Außerdem hat Harry Luke keine drei Millionen, und den Kredit dafür hat er auch nicht, nie im Leben!«

Inken Strandvogt war nicht beeindruckt. »Die müssen ja wissen, ob er so viel hat oder nicht«, entschied sie. »Hoffentlich bleibt ihm kein Pfennig übrig!«

Inken Strandvogt dachte, wie Generationen vor ihr, tolerant über Sex und Liebe der Fremden und war bereit, beide Augen zuzudrücken, wenn sie dabei verdiente. Aber sie entrüstete sich herzhaft über jeden Außenseiter, der damit ebenfalls Geld machte.

Die flachsblonde Antje Webern tanzte im *Riverboat* mit einem jungen Mann, der wirklich ein reicher junger Mann war, denn seinem Vater gehörte der größte Reitstall auf der Insel und die größte Herde hornlosen Rindviehs in den Marschen. Ihre Augen waren blau wie der Sylter Himmel im Juni. Ihr Lachen war sorglos wie das eines Kindes. Sie tanzte mit der steifen Grazie eines Fohlens, und die ungezogenen und verwöhnten Kinder reicher Leute bedeuteten ihr nicht mehr als der Wind, der über die Dünengräser strich und mit den Möwen spielte.

Hellmut de Fries saß mit Manne Jörgensen, dem Maler, zusammen und diskutierte moderne Architektur. In Jörgensens Gesellschaft gab sich der Architekt weder arrogant noch frustriert wegen seiner Arbeitslosigkeit. Hellmut de Fries empfand sich als Künstler, und Manne Jörgensen, der ihn in sein Haus aufgenommen und ihm zwei Dachkammern vermietet hatte, war der Kollege aus einer verwandten Fakultät.

Sie diskutierten das Projekt des Hamburgers Günther Eckert, der als Lösung aller Wohnprobleme empfahl, auf dem fünfzigsten nördlichen Breitengrad eine Röhre von zweihundertfünfzig Metern Durchmesser um die Erde zu spannen und viereinhalb Millionen Menschen darin wohnen zu lassen.

»Wir sollten davon abgehen, im Würfel und in quadratischen Wänden das Maß aller Dinge zu sehen«, plädierte der Holländer. »Weg von diesen Standardhäusern und vom sozialen Wohnungsbau. Der Mensch hat sich vom Neandertaler zum homo sapiens entwickeln können, er wird als Röhrenmensch die Vollendung der Schöpfung sein!«

»Bravo«. Der Maler nickte ihm freundlich Beifall. »Ich kann mir vorstellen, mit Lisbet in einer Röhre zu wohnen. Aber wie hänge ich meine Bilder auf?«

Auf der Polizeistation im Kirchenweg sichtete Kommissar Friederking die eingegangenen Meldungen über verdächtige Bewegungen in leerstehenden Häusern und Wohnungen, überprüfte Personen und beobachtete Fremde, hatte Ausweiskontrollen auf Schiffen und Zügen und auf der Fähre nach Dänemark angeordnet. Er war überzeugt, dass Harry Luke irgendwo auf der Insel gefangen, gehalten wurde und dass seine Entführer ebenfalls noch in aller Ruhe hier herumliefen.

Auf Sylt gab es zurzeit zwanzigtausend Fremde und einige hundert leerstehende Wohnungen und Häuser, deren Besitzer nicht an Fremde vermieteten. In irgendeiner dieser Wohnungen oder Häuser musste sich Harry Luke aufhalten. Man brauchte nur Zeit und Geduld, um ihn zu finden.

Kommissar Friederking seufzte. Geduld hatte er jede Menge, aber ob auch die Zeit?

Wachtmeister Pedersen schaute durch die Tür herein. »Herr Bendiks-Duven«, sagte er und ließ den jungen Mann eintreten.

Bendiks-Duven war die Großwäscherei in der Norderstraße. Der junge Bendiks-Duven war dem Kommissar nicht fremd.

»Es ist wegen der Entführung«, fing der junge Mann an und nahm den ihm angebotenen Stuhl. »Es war sicher unser Lieferwagen, ich meine, der, den ich fahre. Er war gestern früh nicht richtig geparkt.« Er zuckte mit den Achseln. »Manchmal haut einer der Fahrer damit ab. Ich habe nichts gesagt. Personal ist heute rar, und wenn sie sonst nichts anstellen...«

Kommissar Friederking hielt das für eine laxe Moral. Aber er wusste auch, wie rar Personal auf der Insel war.

Ingwer Bendiks-Duven war sechsundzwanzig, im väterlichen Geschäft Abholer, Auslieferer, Herr über drei Lieferwagen und ihre Fahrer, und außerdem war er graduierter Elektroingenieur, der von Reinigungs-, Wäsche-, Trocken- und Bügelmaschinen mindestens ebenso viel verstand wie die Konstrukteure ihrer Hersteller. Er würde einmal den väterlichen Betrieb übernehmen; der jüngere Bruder wollte zur Fliegerei. Bis es so weit war, würde Ingwer wie seine Fahrer Wäsche abholen und ausliefern, die Maschinen überwachen und in seiner Freizeit mit den hübschesten Mädchen der Insel tanzen gehen.

»Der Kotflügel hat eine Beule wie ein Fünfmarkstück«, sagte Ingwer Bendiks-Duven. »Es ist kaum zu sehen. Mir ist das nicht passiert.«

Er hatte den Wagen draußen stehen. Sie betrachteten die Beule. An den Reifen war Sand, Schlamm und Straßendreck. Den gab es überall auf der Insel. Und Ingwer Bendiks-Duven hatte den Lieferwagen inzwischen auf der ganzen Insel herumgefahren und damit Wäsche ausgeliefert und abgeholt.

Natürlich suchten sie nach Fingerabdrücken. Es gab sie an den Wagentüren, am Lenker und am Radio, an den Fensterscheiben und an der ausklappbaren Treppe am Heck. Sie stammten alle von Ingwer Bendiks-Duven. Und das war auch schon alles.

Kommissar Friederking schickte den jungen Mann mitsamt seinem Lieferwagen nach Hause. Er ging enttäuscht zu seinem Schreibtisch zurück. Immerhin könnte man nachforschen, wo man in den Stunden zwischen zwölf und acht Uhr früh Ingwer Bendiks-Duvens Lieferwagen gesehen hatte.

Kommissar Friederking seufzte. Wer achtete auf Sylt auf den Lieferwagen einer Waschanstalt! Die Leute guckten nicht einmal hin, wenn einer im Rolls-Royce fuhr oder paradiesisch nackt zu Fuß ging!

»Dirk, hast du das gehört?«, empfing Maren Friederking den Bruder, als er an diesem Abend nach Hause kam. »Sie verlangen drei Millionen! Stell dir das vor! Drei Millionen! Gibt es denn überhaupt so viel Geld?«

»Guten Abend, Maren«, sagte Kommissar Friederking und wünschte zum zehntausendsten Mal, seine Schwester hätte eine etwas angenehmere Stimme. »Meinst du das Lösegeld für Harry Luke? Ich glaube nicht, dass er so viel hat.« Er ging ins Badezimmer, um sich die Hände zu waschen.

»Das Abendessen ist in fünf Minuten fertig«, schrie sie hinter ihm her und schlug die Küchentür zu, dass die Scheiben klirrten.

Der Kommissar verzog das Gesicht. Seit zwanzig Jahren führte ihm Maren nun den Haushalt. Er hatte immer gehofft, sie würde einmal einen Mann finden, der sie heiratete. Sie war weder reizlos noch arm. Und dumm war sie eigentlich auch nicht. Es musste an dieser Stimme liegen.

Aber da war nichts zu machen. Jeder Hinweis, jede Andeutung stieß auf tödliches Gekränktsein. Sie blieb bei der hartnäckigen Überzeugung, dass weder an ihrer Person noch an ihrer Stimme etwas auszusetzen war. Der Bruder war einfach überempfindlich, musste sie ständig schulmeistern. Er sollte froh sein, dass sie sich für ihn aufopferte. Wer würde sich denn sonst um ihn kümmern?

Nun, dachte Kommissar Friederking mit einem Anflug von Zynismus, sie sorgte schon dafür, dass niemand auf den Gedanken kam, es tun zu wollen.

Manchmal, in den letzten Jahren freilich seltener, dachte Kommissar Friederking darüber nach, wie es wäre, verheiratet zu sein. Es wäre so angenehm, abends nach Haus zu kommen und von etwas Blondem, Molligem empfangen zu werden, von einem Wesen, das lachen konnte, mit dem man selber lachen konnte, das sich anfassen ließ, das sein Geld zusammenhielt und das seine Sorgen mit ihm teilte. Er träumte von dem, was einen verheirateten Mann nie dankbar sein ließ. Er tröstete sich mit dem Gedanken, dass die Ehen, die er kannte, auch nicht gerade der Himmel auf Erden zu sein schienen. Aber dabei nagte doch immer wieder der heimliche Gedanke, dass auch in solchen Ehen gelacht wurde.

Er ging inzwischen auf die Fünfzig zu. Maren war fünfundvierzig. Sie waren aneinander gewöhnt. Es war fast wie in einer alten Ehe. Er konnte sich nicht beklagen. Aber es gab auch nichts, was ihm an diesem Zustand Spaß gemacht hätte. Und es bestand keine Aussicht, dass sich daran noch einmal etwas ändern würde.

Sie lebten in einem niedrigen alten Friesenhaus, das weißgekalkt und reetgedeckt in einem kleinen Wiesengrundstück hinter der alten Kirche in den Hedigen lag. Kommissar Friederking bewohnte allein den oberen Stock mit den schrägen Wänden und den niedrigen Fenstern. Maren hatte das Erdgeschoss für sich. Kommissar Friederking hatte durchgesetzt, dass sein Wohnzimmer von dem seiner Schwester die größte Entfernung hatte, die in diesem Haus möglich war.

Das Abendessen war gut und herzhaft. Maren konnte kochen. Sie vollführte ihren üblichen Spektakel mit dem Geschirr und erging sich in allerlei Vermutungen über Harry Luke und seine Geschäfte. Die Gedanken des Kommissars waren ebenfalls bei Harry Luke, aber dessen Geschäfte waren das letzte, wofür er sich interessierte.

Nach dem Essen begaben sie sich jeder in seinen eigenen Wohnbereich und besuchten sich nicht mehr. Sie machten das seit zwanzig Jahren so und dachten nicht mehr darüber nach.

Harry Luke saß in völliger Dunkelheit auf einem zusammengerollten Schiffstau, das er selbst einmal zusammengerollt hatte, in einem Keller, der ihm nur zu vertraut war. Sie hatten ihm die Fesseln und den Knebel abgenommen. Die Schweine wussten genau: Aus diesem fensterlosen, feuchten Raum drang kein Ton nach draußen. Harry Luke saß im Keller seines eigenen Hauses am Weißen Kliff in Braderup, und er konnte nur hoffen, dass nicht gerade jetzt eine der berühmten Sturmfluten Sylts über ihn hereinbrach.

Er hatte keine Ahnung, wie lange er schon in diesem Raum gefangen war. Sie hatten ihm Brieftasche, Uhr und Taschenmesser abgenommen. Nun, die Uhr hätte ihm in dieser Dunkelheit sowieso nichts genützt.

Sie würden ihn sicher nicht umbringen, mindestens nicht sofort. Sie würden Geld verlangen, und Elsie würde es herbeischaffen. Auf Elsie war Verlass.

Er hatte mit Elsie jeden Schritt geplant, den sie in einem solchen Fall unternehmen musste. Jeder Kapitalist unseres Zeitalters rechnet damit, dass er unter die Räuber fällt.

Elsie würde funktionieren. Aber er selbst hatte sich benommen wie der größte Esel aus Kleinkleckersdorf! Allein und syltselig nach Mitternacht über die Insel zu gondeln, ohne Vorsicht den Wagen in der Garage abzustellen und zum Haus zu schlendern!

Als er die Gefahr ahnte, war es schon zu spät. Er konnte gerade noch das Etui mit den Schlüsseln in den Sand fallen lassen, da waren sie über ihm. Bevor er schreien konnte, sah Harry Luke Funken und Sterne, und die Zeitspanne, die folgte, würde für immer ein blinder Fleck in Harry Lukes Erinnerung bleiben.

Er rieb sich vorsichtig hinter dem Ohr. Sandsack, dachte er seufzend. Wo die Welt aus Sand besteht, brauchte man keinen Revolverkolben, um sein Opfer niederzuschlagen.

Oben an der Treppe öffnete sich die Tür. Tageslicht drang herunter. »Medasmad«, sagte eine Männerstimme. Ein Plastikbeutel flog die Treppe herunter. »Good appetite!« Die Stimme lachte, und die Tür schloss sich wieder.

Harry Luke stand auf und holte sich den Beutel. Er merkte plötzlich, wie hungrig er war. Der Beutel enthielt, heiß und knusprig, ein Brathähnchen in Folie verpackt. Und dazu eine Dose Bier. Er wusste, diese Mahlzeit würde ihn schweres Geld kosten, aber sie schmeckte ihm trotzdem. Harry Luke würde nie den Kopf verlieren, so lange er Elsie hatte.

Er konnte sich denken, wie die Brüder vorgehen würden. Anruf bei Elsie: »Geld her, oder...«

Elsie würde das Geld auftreiben. Jeder würde erfahren, wie Elsie das Geld auftrieb. Mindestens drei Reporter würden daneben stehen, wenn Elsie mit der Bank verhandelte. Und dann würde Elsie darauf bestehen, dass sie die Stimme ihres Mannes am Telefon hörte, ehe sie das Geld herausrückte. Man hatte sie zu überzeugen, dass Harry Luke noch am Leben war. Anders würde sie es nicht tun.

Nun, man konnte es nicht wissen, aber es war ziemlich wahrscheinlich, dass sie ihn von seinem eigenen Haus aus telefonieren ließen.

Er würde leicht stottern. Er durfte nicht vergessen, dass er auch im Umgang mit den Schweinen leicht stotterte. Wenn er mit Elsie sprach, musste er als erstes bei dem S anstoßen. Das war leicht. Er würde sagen *Elssie*, und Elsie würde wissen, dass er noch auf Sylt war.

Sie würden ihn nicht viel sagen lassen. Sie mussten die Fangschaltung der Polizei unterlaufen. Mehr als einen Satz würden sie ihn nicht sagen lassen. Er musste Elsie auf Braderup bringen. »Elssie, b-bitte...« das würde genügen. Elsie war das gescheiteste Frauenzimmer der Welt. Schließlich hatte sie selber den Code für einen solchen Fall erfunden. Wer hätte geglaubt, dass dieser Fall tatsächlich eintreten könnte? Elsie würde ihm gehörig den Kopf waschen für seine Dummheit! Ohne Vorsicht nach Mitternacht von der Garage zum Haus zu gehen!

Gab es noch eine Möglichkeit, das Weiße Kliff ins Spiel zu bringen? »Elssie, b-bitte, du musst das Geld...« Was? Zusammenk-kriegen? Zusammenk-kratzen? Das war gut! »Elssie, b-bitte, du musst das Geld zusammenkkratzen!«

Harry Luke verzehrte sein Brathähnchen und trank sein Bier. Er war nicht gerade guter Laune, aber auch keineswegs hoffnungslos. Er übte sich im Stottern, ein ganz leichtes Stottern, das kaum auffällt, so eben nur mit der Zunge anstoßen, dass man glauben konnte, er habe gerade neue Zähne gekriegt. Leute, die ihren Unterhalt als Räuber verdienten, waren zwar in gewisser Hinsicht etwas schlauer als der biedere Bürger, aber nicht sehr viel. Man konnte ruhig annehmen, dass sie dümmer waren als Harry Luke, und erst recht dümmer als seine Elsie.

Harry Luke überschlug im Geist sein Kapital, seine Schulden, seinen Kredit und Elsies Schmuck. Das Haus in Morsum war noch belastet - kein Kapitalist hat ein schuldenfreies Haus -, aber eine zweite Hypothek war mit einigen hunderttausend Mark schon noch herauszuholen. Dieses Haus hier am Kliff konnte eine Million bringen. Aber die Bank würde höchstens die Hälfte als Kredit dafür herausrücken. Der Maschinenpark der Druckerei war abgeschrieben und veraltet. Der brachte ein paar Tausender, nicht mehr. Die Filmgesellschaft hatte keinen Maschinenwert, und die Filmräume waren gemietet. Die brachten nichts. Blieben noch ein paar Wertpapiere und die *Yvonne*. Wenn die Burschen eine Million verlangten, war er bankrott.

Harry Luke packte Bierdose und Folienpapier zusammen und steckte alles in den Plastikbeutel zurück. Dann legte er den Beutel neben das zusammengerollte Tau auf den Fußboden. Selbst in dieser Situation war Harry Luke ordentlich. Er begann darüber nachzudenken, was er anfangen sollte, wenn er bankrott war.

Man konnte immer noch versuchen, etwas mit der alten *Mariann* draußen im Watt zu unternehmen. Er schmunzelte bei dem Gedanken an die Unterhaltung mit dem Champagnervertreter in der vergangenen Nacht. Ein Champagnerschiff - die Idee war gar nicht so schlecht! Die Braderuper, denen das Wrack inzwischen ein Dorn im Auge war, würden ihm die *Mariann* vermutlich sogar schenken, wenn er etwas damit anfing. Und die Franzosen gaben ihm möglicherweise sogar noch einen anständigen Kredit. Machen wir das Weiße Kliff eben auch noch französisch! Marianne hieß der Kasten sowieso schon!

Warum nicht? Er war noch nicht fünfzig und kerngesund. Wenn alle Stricke rissen, konnte er immer noch Kurkartenkontrolleur auf Sylt werden. Zwei Finger an die Mütze, strammstehen, wie ein Korvettenkapitän »Ich bedanke mich« schnarren, das brachte er immer noch fertig. Aber bevor es so weit kam, würde Harry Luke schon etwas eingefallen sein, das es Elsie weiterhin ermöglichte, Bridge in den »Vierjahreszeiten« zu spielen, Tee im »Atlantic« zu trinken und ins *Thalia* zu gehen.

Harry Luke zog die Füße hoch und rollte sich auf seinem Schiffstau zusammen. Er bettete den Kopf vorsichtig auf die nicht schmerzhafte Seite und schlief ein.

Harry Lukes Elsie bekam inzwischen einen Brief der Entführer mit der Forderung, den Koffer mit dem Geld in einem Schließfach am Bahnhof in Westerland zu deponieren und den Schlüssel im Schloss zu lassen. Keine Polizei!

Einige Kilometer von Harry Lukes Keller entfernt saß ein Mann über seinen Berechnungen und erkannte mit Entsetzen, dass drei Millionen in Hundertmarkscheinen niemals in einem Koffer unterzubringen waren, den man in einem Schließfach des Westerländer Bahnhofs aufbewahren und von einer Frau abholen lassen konnte. Dabei hatte er jeden Schritt und jede Möglichkeit dieser Entführung im Voraus geplant. Er hatte dutzendmal einen Koffer in einem Schließfach am Bahnhof eingestellt und nie den Schlüssel abgezogen. Kein Mensch hatte sich um den Koffer gekümmert, und mitgenommen hatte ihn erst recht niemand. Die Leute machten die Tür auf, sahen, dass das Fach belegt war, machten die Tür wieder zu und gingen weiter.

Es war ihm bis heute nicht eingefallen, nachzurechnen, wieviel Platz drei Millionen in Hundertmarkscheinen beanspruchen.

Harry Luke hatte vollkommen recht mit seiner Überzeugung: Verbrecher sind auch nicht viel gescheiter als anständige Leute!

Donnerstag

Hanny Runne trippelte über die Strandstraße und strebte dem Kurzentrum und Södersens Apartment-Vermietung zu. Über der Stadt lag noch die morgendliche Trägheit einer Welt von Spätaufstehern. Die Straßenkehrer waren bei der Arbeit, und ein erster Hund war dabei, ihr morgendliches Werk wieder zu zerstören.

Die Sonne stand noch tief im Osten und spiegelte sich weißgolden in den Fensterscheiben der obersten Stockwerke der Apartmenttürme, während die Straßen noch in blauen Schatten schliefen. Der Seewind fegte durch die Strandstraße und ließ die Fahnen vor der Kurverwaltung knattern.

Hanny Runne hob das Gesicht dem Wind entgegen und ließ sich die Lungen durchblasen. Es roch nach Salzwasser, Tang und Feuchtigkeit. Seit Tagen hatte es nicht geregnet. Da würden zum Wochenende die Hamburger in Scharen die Insel überfallen.

»Guten Morgen, Fräulein Runne«, sagte eine Männerstimme hinter ihr.

Hanny Runne blieb stehen.

»Wenn Sie erlauben, komme ich mit Ihnen.« Ein hochgewachsener, magerer Mann mit kurzgeschnittenem grauem Haar über einem wahrhaft römischen Profil tauchte neben ihr auf.

»Guten Morgen, Herr Kommissar«, begrüßte ihn Hanny fröhlich und gab ihm die Hand. »Was ist es denn diesmal? Rauschgift, Schmuggler, Terroristen?«

Kommissar Friederking war ein alter Bekannter. Bei jeder Großfahndung auf dem Festland kam auch er ins Kurzentrum und fahndete bei Södersens Apartment-Vermietung nach Verbrechern und Vermissten.

»Kidnapper«, sagte er ernst. »Sie haben doch davon gehört?«

Hanny Runne lachte. »Meinen Sie wirklich, dass die bei uns wohnen?«

Er hob die Schultern. »Möglich ist alles.«

Sie warf den Kopf zurück und verzog den Mund. »Von mir aus können sie ihn behalten.«

»Das ist die Ansicht einer anständigen Frau«, sagte der Kommissar bedächtig. »Die Polizei darf sich einen solchen Standpunkt nicht zu eigen machen.«

Hanny fand, dass die Polizei sympathische Leute beschäftigte. »Gut«, sagte sie schließlich, »Sie kriegen Ihren Stammplatz an der Glaswand. Da können Sie jeden beobachten, der ins Haus geht und vom Fahrstuhl kommt.«

»Danke, Fräulein Runne. Aber erst muss...« Dem Kommissar wurde es ein bisschen unbehaglich angesichts von Hanny Runnes weit aufgerissenen, hellen Augen. »Nun ja, jetzt sind die Leute alle noch in ihren Apartments. Ich möchte Sie bitten, dass wir alle Gäste - außer den wirklich einwandfreien natürlich - aufsuchen und sie um ihre Ausweise bitten!«

»Oh, Gott«, jammerte Hanny Runne, »da werden einige die Zustände kriegen und abreisen!« Sie hob resolut das runde Kinn. »Was sein muss, muss sein. Am besten nehmen wir den Hausmeister und seinen Hund mit.« Ihre Augen lachten schon wieder. »Ein reinrassiger Wachtelhund. Den hat ihm einer dagelassen, der das Vieh nicht mehr haben wollte. Der Hund schmust mit jedem und hat noch nie gebellt. Der jagt bloß Hühner und ist zu sonst nichts zu gebrauchen. Können Sie sich für einen Hausmeister etwas Überflüssigeres vorstellen?«

»Herr Hansen ist ein sehr tüchtiger und sehr gutmütiger Mann«, bemerkte der Kommissar, der selbst die Gutmütigkeit in Person zu sein schien. Allerdings wusste es Hanny Runne besser. Römische Profile waren selten gutmütig.

Hausmeister Hansen kehrte pfeifend Berge von Zigarettenstummeln im Hauseingang zusammen und schrubbte die von den Vierbeinern der Kurgäste angepinkelten Wände der Passage. Er lüpfte vor Hanny Runne seine Schiffermütze, und als ihm erklärt wurde, wozu man ihn brauchte, pfiff er bereitwillig nach Agathe, seinem braunen Hühnerhund von geradezu erlesener Schönheit und Rasse.

Hanny Runne holte aus ihrem Büro die Namensliste ihrer Gäste.

»Wenn ich was vorschlagen darf«, sagte der Hausmeister und neigte den Kopf höflich von seiner Zweimeterhöhe zu Hanny Runne hinab, »vielleicht sollten Sie mal im Apartment hunderteinundfünfzig anfangen. Da stinkt's!«

Nummer hunderteinundfünfzig gehörte zu den winzigsten Apartments, die die Firma Södersen zu vermieten hatte. Meistens vermietete man sie nur an Einzelpersonen, in der Hochsaison gelegentlich auch an zwei. Hanny Runne überflog ihre Liste. »Das hat gestern ein junger Mann gemietet. Herr Walter Leitermann aus Kiel. Der vorige Mieter musste plötzlich abreisen.«

Sie gingen zum Fahrstuhl. Agathe beroch schweifwedelnd und zutraulich den Kommissar, der ihr das Fell kraulte und sich davon überzeugte, dass Agathe auch für die Polizei völlig untauglich gewesen wäre.

Auf Klingeln schien sich im Apartment hunderteinundfünfzig nichts zu rühren. Herr Walter Leitermann war offensichtlich schon am Strand. Hausmeister Hansen bezweifelte das allerdings. »Soll ich aufmachen?«, fragte er. Der Kommissar nickte. Hansen zog den Generalschlüssel, schloss auf und öffnete weit und wortlos die Tür.

Sechs junge Männer, auf dem Fußboden dicht an dicht in Schlafsäcke eingerollt, hoben verschlafene, unrasierte und empörte Gesichter. »Was ist los?«

Hanny Runne holte tief Luft und machte dann den Mund wieder zu. Sie war noch nicht dran. Aber sie kochte.

»Kriminalpolizei«, erklärte Kommissar Friederking und konnte ein Schmunzeln nicht unterdrücken. »Würden Sie bitte aufstehen und sich ausweisen?«

Sie sahen den hünenhaften Hausmeister mit seinem Hund - Agathe machte alle Anstalten, sie freundlich zu begrüßen -, sie sahen Hanny Runne, 155 Zentimeter helle Empörung, und Kommissar Friederkings furchterregendes Profil. »Wenn wir uns vielleicht erst etwas anziehen dürften«, sagte eine Stimme beim Fenster. »Machen Sie die Tür zu. Wir kommen gleich raus.«

Sie waren harmlos. Hanny Runne setzte sie kurzerhand an die Luft. Sie zogen die Köpfe ein und fürchteten sich vor der wütenden kleinen Person mehr als vor Kriminalpolizei und Hausmeister mit Hund. Apartment hunderteinundfünfzig brachte seinen Mietern kein Glück.

Apartmentmieter, die Hanny Runne persönlich bekannt waren, wurden nicht behelligt. Es gab trotzdem noch genügend Ärger. Diejenigen, die nichts zu verbergen hatten, ärgerten sich am lautesten. Bei den liebenswürdig Höflichen betrachtete sich Kommissar Friederking die Ausweispapiere besonders gründlich.

»Ist denn eigentlich keiner hier verheiratet?« wunderte er sich, als sie sich wieder in das Büro von Södersens Apartment-Vermietung zurückgezogen hatten.

»Doch, der Hausmeister«, erklärte Hanny Runne und lachte schon wieder.

Sie hatte ihn nicht zu Juwelier Bartholomae in den vierzehnten Stock geführt. Uwe Jensen wusste nichts von seinem Glück. Wie leicht wäre es möglich gewesen, dass Herr Bartholomae doch noch von dem seltsamen Einbrecher erzählt hätte, der einen Apartmentschlüssel besaß und behauptete, er käme von Södersens zur Kontrolle. Der quicke Verstand Hanny Runnes hätte sehr schnell gewusst, woher da der Wind wehte, und Uwe Jensen hätte nichts zu lachen gehabt. Aber der liebe Gott beschützt durchaus nicht nur die Gerechten.

Sie stellte Kommissar Friederking im Büro vor. »Kommissar Friederking leitet die Suche nach Harry Luke und wird sich für einige Zeit bei uns aufhalten. Kommissar, das ist Fräulein Webern, unser Jüngstes; das ist Fräulein Watten, Urlaubsvertretung für Lisbet Jörgensen und erst gestern bei uns eingetreten. Emmo Anderson, Uwe Jensen und Herr de Fries.«

Der Kommissar gab jedem die Hand, schmunzelte väterlich zum übertriebenen Jungmädchenknicks Antje Weberns, musterte nachdenklich Fräulein Watten - über plötzliche, in der Hochsaison anfallende Urlaubsvertretungen und Strandjulen wusste er Bescheid -, klopfte Emmo Anderson auf die Schulter und nickte Uwe Jensen zu. Er kannte sie beide und wusste mehr über Uwe Jensen, als diesem lieb sein durfte. Den auffallenden Herrn de Fries betrachtete er ein bisschen misstrauisch. Wie kam dieser Paradiesvogel in Hanny Runnes Geschäft?

Der Holländer verbeugte sich mit elegantem Hochmut.

»Herr de Fries ist Architekt«, erläuterte Hanny. »Er überbrückt bei uns eine vorübergehende wirtschaftliche Depression!« Sie grinste, und Herr de Fries ließ allen Hochmut fahren und grinste zurück.

»Der Affe schleimt sich an«, dachte Antje Webern und ärgerte sich. Sie hegte für die Chefin eine kindliche Verehrung und gönnte dem geschniegelten Holländer keinen freundlichen Blick.

Kommissar Friederking ließ sich an einem Tisch an der Glasfront zum Hauseingang nieder und tat so, als sei er nicht mehr da.

»Antje«, sagte Hanny Runne, »machen Sie die Rechnung für hunderteinundfünfzig fertig.« Sie wandte sich an Uwe Jensen. »Sechs Mann hoch haben sie in dem Apartment geschlafen! Ich hab' sie rausgeschmissen. Emmo, sagen Sie Hilla, dass sie da nachher saubermachen muss!« Sie verzog sich in ihr grünbraunhonigfarbenes Büro.

Telefone klingelten, Gäste fragten nach Terminen, Veranstaltungen, Flug- und Fahrkarten, beschwerten sich, brachten Abschiedsgeschenke, begehrten Auskünfte, erzählten Witze, suchten Rat und gaben Ratschläge, die keinen interessierten. Hanny Runnes Personal war höflich, gleichgültig, aufmerksam und das Gegenteil.

Die Augen der Strandjule beobachteten verstohlen und neugierig, was um sie her vorging. Sie musterte die Besucher, belauerte Uwe Jensen, der mit den Besucherinnen flirtete, den gutmütigen Emmo, der so offensichtlich in die junge Putzfrau mit dem Kind verliebt war, und ihr entging auch nicht der nachdenkliche Blick, mit dem der Architekt das Baby im Kinderwagen betrachtete. Aber um den Kommissar kümmerte sie sich überhaupt nicht.

Der Mann mit dem römischen Profil studierte Inselkarten und las Zeitungen. Die Polizei hatte ein gemütliches Leben.

In der Mittagszeit erschien Maren Friederking in Södersens Apartment-Vermietung.

Uwe Jensen fragte sie nach ihren Wünschen. Sie hatte ihr teuerstes Sommerkleid an und die Perlenkette am Hals. Uwe Jensen taxierte mit erfahrenem Blick die mittelalterliche Jungfrau mit kleinem Vermögen, die für männlichen Charme dankbar ist. Er hatte seinen großmütigen Tag. Er zeigte seine Grübchen und legte den Lockenkopf schief. Seine glänzenden Augen musterten sie durch die langen Wimpern. Et lächelte. Er hatte prachtvolle Zähne. Er wusste genau, was alles an ihm prachtvoll war.

Seine Schönheit und sein Lächeln trafen sie wie ein Schlag. Vor Erregung wurde sie schrill. »Ich bin Maren Friederking«, schrie sie. »Ist mein Bruder nicht da?«

Antje Webern, die freche Göre, steckte sich respektlos die Finger in die Ohren.

Maren nahm sich zusammen. Sie dämpfte ihre Stimme. »Ich meine den Kommissar Friederking.«

Antje Webern machte »Hu!« Fräulein Watten schob die Zunge in eine Wange und widmete Maren einen gelangweilten Blick. Emmo Anderson spielte mit Hillas Baby.

Herr de Fries sah flüchtig hoch, stand dann auf, um wegzugehen.

Uwe Jensen wurde die Liebenswürdigkeit im Quadrat. Der Kommissar war schon gegangen. Ob er etwas für Fräulein Friederking tun könne?

»Oh«, sagte Maren atemlos und griff sich an die Perlenkette, »da muss ich ihn wohl verpasst haben!«

Neugierig warst du, meine Güte, dachte Uwe Jensen. Laut sagte er: »Er kommt doch sicher zum Essen nach Hause, oder nicht? Wollen Sie telefonieren? Wollen Sie hereinkommen?« Er hielt einladend die Klappe am Empfangstisch hoch, um Fräulein Friederking eintreten zu lassen.

Sie wehrte ab. Sie sei nur gekommen, weil sie zufällig auf dem Weg war. Und müsse sehen, dass sie wieder fortkam. Aber sie zögerte.

Uwe Jensen lächelte. Er kannte den Grund für dieses Zögern. Es machte ihm immer wieder Spaß. Die Frauen waren doch alle gleich. Er wurde noch liebenswürdiger, verwegener. Die Schwester des Kriminalkommissars! Es gab ihm einen leichten Nervenkitzel, wie beim Wetten.

Sie führte also ihrem Bruder den Haushalt? Es musste doch recht interessant sein, mit einem Kommissar zu leben!

Maren wiegte den Kopf. Es sei schon interessant, stimmte sie zu. Er erzählte nur nicht viel daheim. Dirk Friederking war unter seinem Dach der verschwiegenste Mensch. »Sie müssen auch einen interessanten Beruf haben!« Ihre Augen schweiften zu Antje Webern mit ihren Flachshaaren, zu Fräulein Watten, deren graue Augen sie so gelangweilt abgeschätzt und sich dann wieder auf das Papier in ihrer Schreibmaschine gesenkt hatten. Ein gutgewachsener, junger Mann unterhielt sich mit einer dunkelhaarigen Frau mit einem Baby auf dem Arm. Herr de Fries war aufgestanden und hinausgegangen, nicht ohne sie mit einer stummen, aber höflichen Verbeugung zu grüßen.

Maren Friederking hätte sich liebend gern in diesem Empfangsraum auf einen Stuhl niedergelassen und sich mit den Leuten unterhalten, erst recht mit diesem bildhübschen Jungen mit den guten Manieren.

»Nun ja«, sagte der hübsche junge Mann und sah ihr tief in die Augen, »wenn es Sie so interessiert, erzähle ich Ihnen einmal davon!«

Es würde der Tag kommen, wo Uwe Jensen diese Worte von Hamburg bis nach München verfluchte.

»Ich hole Sie ab heute Abend«, schrie Maren impulsiv. »Wann machen Sie Feierabend?«

Antje Webern hielt die Hand vor den Mund. Die dunkelhaarige Frau mit dem Baby prustete. Fräulein Watten hörte auf zu tippen und lächelte.

Uwe war verblüfft. »Ich habe Spätdienst. Es kann neun werden«, sagte er. »Vielleicht lieber nächste Woche? Ich rufe Sie an!«

»Es macht mir nichts aus«, erklärte Maren fröhlich und spielte mit ihren Perlen. »Ich bin um neun da! Auf Wiedersehen!«, schrie sie glücklich zu den beiden Mädchen hinüber, nickte Emmo Anderson und der Frau mit dem Baby zu und war schon auf der Straße, ehe Uwe Jensen den Mund wieder zumachte.

»Emmo«, sagte er verlegen, »können Sie heute für mich Spätdienst machen?«

»Nee«, antwortete Emmo, der nichts bemerkt hatte, »keine Zeit. Ich muss heut in Tinnum Fliesen legen.«

Eine Dame kam und beschwerte sich zornbebend, dass sie zehn Minuten lang im großen Fahrstuhl gehangen habe, ehe sie der Hausmeister befreite. »So was darf einfach nicht passieren!«, fauchte sie, aber sie blieb dabei trotzdem noch hübsch, was nicht allen zornbebenden Geschöpfen gelingt, »zehn Minuten; ich dachte, ich gehe ein!«

»Er hat Mucken«, erklärte Uwe Jensen entschuldigend und vergaß Maren Friederking; »fahren Sie nicht mehr mit dem!«

Sie wandte sich ab und schlug die Eingangstür krachend zu.

»Freundin von Doktor Schäfer im siebten Stock«, erläuterte Antje Webern vergnügt. »Die hat Temperament!«

Hilla, die Putzfrau, schob zum zweiten Mal in dieser Woche den Kinderwagen in die Fensternische von Apartment einhunderteinundfünfzig und überprüfte den Dreck, den sechs junge Männer mit Schlafsäcken und unordentlichen Angewohnheiten hinterlassen hatten. Hilla war es gewohnt, dass Männer mit ihrer Zigarettenasche alle Teppiche verbrannten und Frauen überall ihre Haare verloren. Doch das war noch das geringste Übel. Wenn man ein Jahr lang hinter Sommergästen her geputzt hatte, macht man sich über die Sauberkeit der Menschen keine Illusionen mehr.

Hilla war, bevor sie auf Sylt gestrandet war, Sprechstundenhilfe bei einem Arzt im Frankfurter Westend gewesen. Da hatten auch nicht immer alle Patienten einen sauberen Hals gehabt. Aber seit Hilla zu Södersens Apartment-Vermietung gehörte, hatte sie einiges dazu gelernt. Sie erzählte es mit Vergnügen den Mädchen im Büro und zeigte mit den Fingern hinter den Ferkeln her. Oben Hui und französisches Parfüm und drunter Pfui und keine Seife! Und die Männer waren auch nicht besser.

Hilla räumte auf. Essbares gab es nicht. Klopapier, Scheuerlappen und ein Kopfkissen fehlten. Sie musste es nachher Emmo Anderson melden. »Oberputze« hieß Emmo bei den Frauen, die für Södersens putzten.

Hilla hatte nichts gegen Emmo. Sie fand seine stumme Bewunderung sogar rührend. Aber zu mehr würde es nie kommen. Hilla hatte andere Pläne.

Einmal würde Baby aus dem Kinderwagen herausgewachsen sein und laufen können. Dann würde Hilla nach Frankfurt zurückgehen. Baby würde in einen Kindergarten aufgenommen werden, und Hilla würde sich Arbeit in ihrem alten Beruf suchen können.

Hilla zog den Staubsauger über den Teppich und träumte von der Zeit, wo Baby laufen konnte. Sie sah sich wieder im weißen Kittel. »Jawohl, Herr Doktor, nein, Herr Doktor!« Urinuntersuchungen, unter dem Mikroskop rote Blutkörperchen zählen, eiternde Wunden verbinden - erst seit Hilla im Kurzentrum putzte, wusste sie, wie schön ihr Leben einmal gewesen war.

Sie drehte den Wasserhahn auf. Mit einem Knall ergoss sich ein dunkelbrauner Strahl über Becken, Beckenrand, Wandkacheln und Spiegel des Duschbads. Hilla schüttelte den Kopf und machte sich an die Arbeit. Sie wischte Kacheln, Spiegel und Becken ab und scheuerte die Duschwanne. Man sah, dass hier sechs unordentliche junge Männer gehaust hatten.

Im Apartment darüber fiel eine Tür ins Schloss. »Zehn Minuten musste ich im Fahrstuhl sitzen, zehn Minuten! Ich habe gedacht, ich werde verrückt. So was darf doch nicht erlaubt sein!« Ein Aufschrei, Glas klirrte und zerschmetterte am Boden. »Jetzt schau dir das an! Schon wieder diese verdammte Brühe aus dem Wasserhahn! Das ist ja nicht zum Aushalten!«

Die Männerstimme im Hintergrund beschwichtigte, war jedoch nicht zu verstehen.

»Hör auf!«, schrie die Frau im Diskant. »Ich hau' ab! Keinen Tag bleibe ich mehr hier! Ich habe die Nase voll!« Dic Tür knallte schon wieder.

»Ein Doktor Schäfer«, hatte Antje Webern erklärt. »Werkarzt oder so was in einer Fabrik in Ludwigshafen. Er kommt jedes Jahr her und hat jedes Jahr eine andere Freundin. Manche sind ganz nett. Diesmal hat er sich vertan!« Selbst arabische Fürsten mit einem Harem würden Antje Webern nicht erschüttern. Sie wunderte sich nicht einmal über männliche Brautpaare. Sie lachte bloß darüber.

Als Hilla eine Stunde später mit ihrer Bagage in den Putzkeller fahren wollte, war der erste Fahrstuhl, der sich vor ihr öffnete, voll mit dem Gepäck der Dame aus Apartment hunderteinundachtzig aus dem siebten Stock. Die Dame selbst war im Reisekostüm, und von dem bisher ihr zugehörigen Dr. Schäfer war nichts zu sehen.

Hilla zwängte trotz des offensichtlichen Unwillens der Dame Kinder- und Putzwagen und sich selbst in das enge Vehikel. Im Erdgeschoss räumte sie gemächlich alles wieder aus und sah zu, wie die abreisende Dame aus hunderteinundachtzig ihre Koffer zu einem Taxi trug, einstieg und abfuhr. Ihr bisher ständiger Begleiter blieb offensichtlich noch hier.

Hilla wartete auf den nächsten Fahrstuhl und brachte ihre Utensilien in den Putzkeller. Sie stellte alles ordentlich an seinen Platz und hängte ihren blauen Kittel und das Kopftuch dazu. Dann fuhr sie wieder hinauf in Södersens Apartment-Vermietung und wartete dort geduldig, bis Emmo Anderson vom Gästeeinweisen zurückkam und sich in seiner treuherzigen Wortlosigkeit zu ihr gesellte.

»Herr Anderson«, sagte Hilla und hob bittend die Hände. »Ich muss ein paar Tage Urlaub haben. Es ist jetzt nicht gerade die beste Zeit für Sie, ich weiß es. Aber ich brauche ein paar Tage Sonne und frische Luft. Und Baby braucht das auch!« Hilla war zart und blass. Sie kam nicht viel an die Sonne und die frische Luft.

»Tja, Hilla...« Emmo kratzte sich hinter den Ohren. »Wenn es sein muss, werde ich es wohl einrichten müssen. Wie lange wollen Sie denn aussetzen?«

»Nur ein paar Tage, bitte, vielleicht übers Wochenende? Ich habe das Gefühl, ich kann einfach nicht mehr.«

Emmo schluckte. So eine kleine, nette Frau! Natürlich musste sie Urlaub haben. Er nickte. »Es wird schon gehen. Ab wann soll es denn sein?«

»Heute, jetzt, sofort, bitte Herr Anderson!« Hillas Stimme drängte. Sie zerrte nervös an ihren Fingern. In ihren Augen standen bezaubernd falsche Tränen. Sie musste wirklich am Ende ihrer Kraft sein, dachte Emmo Anderson, und sein Herz blutete vor Mitleid.

»Also schön, dann nehmen Sie eben ab sofort Urlaub, Hilla«, sagte er. »Gehen Sie ordentlich an die frische Luft. Und passen Sie auf, dass Sie keinen Sonnenbrand kriegen. Zu viel Sonne ist nicht gesund. Auch nicht für das Baby. Schauen Sie immer mal rein, wenn Sie Lust haben!«

»Ich bin Ihnen ja so dankbar!« Ihre Augen sprachen sehr deutlich, wie dankbar Hilla war. Emmo musste schon wieder schlucken. Hilla und ihr Baby würden ihm in den nächsten Tagen schrecklich fehlen.

Herr de Fries war nach den ersten Worten Hillas aufgestanden und hinausgegangen. Als Hilla auf die Straße trat, sprach er mit ihr.

Fräulein Watten konnte nicht hören, was er sagte. Aber sie sah an der Kopfhaltung und an den Gesten seiner Hände, dass er sie um etwas bat. Er versuchte, sie von etwas zu überzeugen, das Fräulein

Watten gern gewusst hätte.

Hilla hielt den dunklen Kopf gesenkt, hörte ihm zu, ging dann wortlos an ihm vorbei und schob ihren Kinderwagen die Straße hinunter. Er biss sich auf die Lippen, schaute ihr nach. Fräulein Watten hätte schwören können, dass er fluchte.

Als Herr de Fries zurückkam, hielt Fräulein Watten schon wieder den Kopf über ihre Schreibmaschine gesenkt und schien völlig hingegeben an den Text des Briefes, welchen Hanny Runne an einen Mann in Hamburg schrieb, der im zwölften Stock Seeseite ein Apartment mit allem Drum und Dran für hunderttausend Mark kaufen wollte.

Dr. Johannes Schäfer aus Ludwigshafen räkelte sich in seinem Strandkorb in Abessinien und freute sich, dass seine missgelaunte Gefährtin abgezogen war. Wenn sie den Inselkoller bekamen, war es besser, selbst die nettesten Mädchen umgehend nach Hause zu schicken. Er betrachtete zufrieden den hellen Himmel, die weißen Wolken und sah dem Strandkorbwärter zu, der gerade einer dunkelhaarigen jungen Frau mit Baby einen Korb in seiner Nachbarschaft zurechtrückte, seinen Obolus entgegennahm, »Ich bedanke mich« schnarrte und dann Mutter und Kind sich selbst überließ.

»Niedlich«, dachte Hannes Schäfer. »Hoffentlich schreit das Kind nicht.« Er gab sich wieder dem Schauspiel der Wolken hin. Sie türmten sich auf zu gewaltigen Gebirgen, flössen auseinander wie ein See aus geflockter Wolle, schwebten wie kleine Schneehügel in der schimmernden Luft, ständig im Wandel, jeden Augenblick anders, jede Minute ein neues Schauspiel, lieblich, heiter, gewaltig, drohend und wieder sanft in anmutigem Reigen.

Er betrachtete wieder die neue Nachbarin mit dem Kind. Sie tummelte sich nackt wie ihr Baby im Sand. Das dunkle Haar hing ihr lang und glatt über den Rücken. Sie trug als einziges Kleidungsstück eine hellblaue Socke.

»Apart«, dachte Hannes Schäfer. »Niedlich. Etwas von einer Hexe!«

Er riss sich zusammen. Keine Frauengeschichten mehr in diesem Sommer! Er hatte in der letzten Zeit wenig Glück mit den Mädchen gehabt. Annemarie war im Zorn abgereist. Mit der blonden Schwedin vom vorigen Sommer war es auch schiefgegangen. Er mochte gar nicht daran denken. Wie hieß sie doch gleich? Kirsten, ja, Kirsten Strömberg. Eine elegante Boutiquenbesitzerin aus der Friedrichstraße hatte sie ihm ausgespannt. Man konnte es gar keinem erzählen... Hannes Schäfer wandte den Kopf ab von Hilla und ihrem Baby. Keine Frauen mehr in diesem Sommer!

Ein bunter Ball flog in seine Sandburg. Er sah auf, direkt in das sommersprossige Gesicht der jungen Mutter mit der himmelblauen Socke am Fuß. Sie kniete auf dem Rand seiner Burg. Rücksichtslos zerstörte sie mit ihren hübschen Knien die meisterliche Geometrie seiner Schöpfung.

»Entschuldigen Sie, bitte«, rief das niedliche Geschöpf und schüttelte die langen Haare aus dem Gesicht, »es war der Wind, wirklich. Darf ich ihn wiederhaben?«

Er stand auf, warf ihr den Ball zu. »Heute erst angekommen?«, fragte er höflich.

»Am Strand, ja«, antwortete sie rätselhaft und rutschte von seinem Burgwall herunter.

Sie hatte einen hübschen Körper, sehr schmal, ein bisschen verhungert, aber beweglich wie das Dünengras, mit dem der Wind seinen Unfug trieb, und anmutig wie die Möwen, die über dem Wind segelten.

Johannes Schäfer stand auf und begab sich zum Wasser. Hilla sah ihm nach. Er war nicht sehr groß, aber Hilla war noch ein gutes Stück kleiner. Er stapfte auf stämmigen und dunkelbehaarten Beinen. Am Hinterkopf schimmerte eine kahle Stelle. Mit seinem kurzen, kräftigen Nacken würde er später einmal bei seinen Hemdkragen Probleme haben. Er war keine Schönheit. Aber wie er so selbstbewusst durch den Sand watete und sich ohne Zögern der Brandung überließ, gefiel er Hilla, und sie fand, dass er jede Mühe wert war.

Das Baby wurde müde. Sie packte es in den Schatten ihres Strandkorbes, wo es einschlief. Hilla setzte ein blaues Hütchen auf, das nicht allzu viel von ihrem Gesicht verdeckte. Sie hatte Sommersprossen wie ein Bachstelzen-Ei; viel konnte die Sonne da nicht verderben.

Hilla wanderte am Strand entlang, wo viele hübsche Mädchen im Kostüm der Eva wandelten. Aber Hilla trug als einzige ein auffallendes Kleidungsstück, die himmelblaue Socke, und damit erregte sie die entzückte Aufmerksamkeit nicht nur des weiblichen Geschlechts. Sie beobachtete aus der Ferne, wie Hannes Schäfer den Fluten wieder entstieg, zu seiner Burg ging und sich abtrocknete. Dann zog er sich eine Badehose an und stieg die lange Holztreppe hinauf, die über die hohen Dünen führte. Doktor Schäfer ging zum Kaffeetrinken in die *Oase*.

Hilla fand, dass sie und ihr Baby für den ersten Tag genug von der Sonne hatten. Sie zog sich wieder an, packte ihr Bündel und das Baby und wanderte zufrieden den Sandstrand zurück zum Kurzentrum von Westerland, dessen Wohnturm weiß und gelb wie der Strandsand über den bunten Markisen und den Fahnenmasten der Promenade schwebte. Heute würde Hilla dort nicht putzen.

Dr. Johannes Schäfer trank seinen Kaffee in der *Oase*. Er saß im Windschatten an der Hauswand und hielt das Gesicht der Sonne entgegen. Das kleine Rechteck der Terrasse war wie eine Sandburg in die Dünen eingegraben. Man sah bei den Gästen immer die gleichen Gesichter, und man konnte jeden betrachten, der über die Dünentreppe vom Strand heraufkam und zum Abessinien-Parkplatz ging. Es gab nicht viel Eleganz, denn die Gäste und Vorüberziehenden trugen Strandkittel und Strandsandalen, und dies alles so bequem, verwaschen und untertrieben unmodern, dass es schon wieder elitär wirkte. Aber das merkten nur die Eingeweihten.

Eine Gruppe gutgewachsener junger Männer mit kurzem Haarschnitt diskutierte Andre Gide und seine *Falschmünzer.*

»Also, logisch ist es reines Flickwerk«, behauptete einer, der selbst in der Badehose ungewöhnlich intellektuell aussah. »Er hat nie einen festen Standort. Alles ist bei ihm Raffinement. Er ist nicht schöpferisch, nicht emotionell. Es ist keinc vitale Schöpfung!«

Hannes Schäfer gab ihm recht und aß seinen Käsekuchen. Er hatte Andre Gide auch langweilig gefunden.

Dann schaute er amüsiert einem normalfühlenden Menschenpaar zu. Eine höchst raffiniert entblößte junge Dame brachte einen vitalen Graukopf auf die entzückendste Weise um den Verstand. Hannes bedauerte ihn keineswegs. Der Mensch hatte ja ein beneidenswertes Vergnügen dabei.

Die kurzgeschorenen jungen Männer diskutierten inzwischen den schönen Körper eines abwesenden Helmut.

»Sylt hat ein herbes und unfreundliches Klima; der Menschenschlag hier ist genauso herb und unfreundlich. Es ist unmöglich, sie dahin zu bringen, ihre Dienstleistungen mit einem freundlichen Gesicht zu verrichten!«, sagte erbittert ein Mann mit dem akzentlosen Tonfall der Hannoveraner.

»Aber die Bedienung hier ist doch reizend«, widersprach seine Begleiterin.

»Die ist ja auch nicht von hier«, trumpfte er auf und hatte recht. »Ich rede von unserer Wirtin.«

Ein schwarzweißer Cockerspaniel schnürte durchs Dünengras und blieb am oberen Rand der Düne stehen. Er fixierte Hannes Schäfer aus Augen wie glänzende Rosinen und nahm dann zielbewusst Kurs in seine Richtung. Na ja, dachte Hannes Schäfer, er sieht schlecht. Er hält mich wohl für seinen Herrn. Der Hund kam an seinen Tisch, betrachtete Hannes Schäfer einen Augenblick lang und schob sich dann an seinem rechten Bein vorbei. Ein dezentes Schlabbern überzeugte Hannes Schäfer davon, dass das Interesse des sympathischen Hundes nicht seiner Person, sondern einem Eimer Wasser galt, den die angeblich so unfreundlichen Friesen dort aufgestellt hatten, damit durstige Hunde trinken konnten. Wie es schien, hatte sich das bei den Hunden Abessiniens herumgesprochen.

Als Hannes Schäfer von der *Oase* zurückkam, entdeckte er mit leisem Bedauern, dass die niedliche Nachbarin mit ihrem Kind schon gegangen war. Ob sie wohl allein hier war? Er würde sich morgen ein bisschen mit ihr unterhalten. So ohne eine Ansprache war es doch etwas langweilig. Er hatte keine Befürchtungen. Eine Mutter mit Kind - eine harmlosere Strandbekanntschaft konnte es für ihn gar nicht geben.

Fiete Schnöken ging im Kurzentrum spazieren und betrachtete die Schaufenster in der Passage: Pelze aus Rußland, Handtaschen aus Taiwan, Pullover aus Island, Hemden aus Indien - Fiete wusste nicht genau, wo das alles lag, außer Rußland natürlich, das lag vor der Haustür.

Eine junge Frau mit Kinderwagen schloss die Eingangstür zu den Apartments auf. Fiete folgte ihr, als sei er der Vater. Sie verschwand mit ihrer Fracht im Fahrstuhl. Fiete studierte die Briefkästen. Ein paar Zeitungen guckten aus den Schlitzen. Fiete hatte schon die Überschriften am Zeitungsstand gelesen, das reichte ihm.

Er spazierte eine Treppe nach unten; die schwere Kellertür stand offen. Ganz schön leichtsinnig, diese Leute. Da konnte sich doch jeder Spitzbube einschleichen! Die Gänge zwischen den Lattenverschlägen waren erleuchtet. Die Türen zu den Privatkellern waren mit harmlosen Vorhängeschlössern an harmlos angeschraubten Riegeln gesichert.

Fiete spähte durch die Latten. Selbst so feine Leute wie die im Kurzentrum hoben bloß Gerümpel in ihren Kellern auf. Da konnte man nur den Kopf schütteln. Sandschaufeln, Matratzen, alte Waschbecken, leere Koffer, ein Fahrrad, ein Regulator... Fiete blieb stehen. Er sah genau hin. Tatsächlich, ein Regulator! Ein prächtiges altes Stück! Das Zifferblatt war eine Landschaft mit Hügeln, Bäumen, Häuschen; der Kirchturm ging genau bis zur Mitte des Zifferblattes. Wenn der Zeiger senkrecht darüber stand, ging der Kirchturm über die ganze Uhr. Weiße Wolken auf blauem Himmel, die Sonne lachte wie eine dicke Bäuerin auf der XII, der Mond stand im Süden an der Stelle der VI.

Fiete sah sich um und überlegte. Der Regulator war bestimmt ein antikes Stück. Der hatte schon bei den Römern an der Wand gehangen, oder beinahe bei den Römern... Dullins Souvenirladen bezahlte ihm dafür sicher hundert Mark, wenn nicht mehr.

Fiete untersuchte Vorhängeschloss und Riegel. Er sah sich wieder um. Nirgendwo ein Mensch! Jetzt holte er aus der Hosentasche eines jener praktischen Kombinationswerkzeuge, die die Japaner so billig auf den Markt werfen. Fiete schraubte eine Seite des Riegels ab, öffnete die Lattentür und ging hinein, um sich den Regulator näher anzusehen.

Das prächtige Stück lehnte am Rand einer alten Sitzbadewanne - was die Leute alles aufheben! Fiete hob den Regulator hoch; es war ein schweres, massives Stück. Schon nach dem Gewicht zu urteilen musste es alt sein. Er ging hinaus auf den Gang, um sich das Zifferblatt besser anzusehen. Es war prachtvoll und sah sehr alt aus. Es konnte sogar zweihundert Mark bringen!

Vom Gangende her, wo die Eingangstür offengestanden hatte, kamen Männerstimmen. Fiete zog die Tür heran und sich selbst in das Innere des Lattenverschlags zurück. Er spähte hinaus. Handwerker mit Werkzeugtaschen und Gerät kamen den Gang herunter. Der Garagenmeister Brodersen leistete ihnen Gesellschaft.

»Wasserrohrbrüche«, sagte Brodersen, »kaputte Ventile, ich möchte bloß wissen, warum das hier kein Ende nimmt! In den Leitungen sitzt der Wurm!«

»In so einem großen Haus kommt so was immer mal vor«, beruhigte ihn einer der Handwerker.

»Morjen!« Der Hausmeister kam hinzu. Die Leute standen erst einmal herum und schwatzten. Fiete empörte sich über die Lässigkeit von Handwerkern, bei diesem Stundenlohn!

»Agathe, geh da weg!«, sagte der Hausmeister. Fiete erschrak. Ein großer, brauner Hund stand vor der Lattentür. Er schien durchaus freundlich gesonnen. Sein Schwanz wedelte, seine braunen Augen waren voll Zuneigung auf Fiete gerichtet. Hoffentlich bellt er nicht, dachte Fiete. »Geh weg«, befahl er leise.

Schritte näherten sich. Fiete lehnte den Regulator an die Wand, stieg in die Sitzbadewanne und duckte sich.

»Was machst du denn da, Agathe?«, fragte der Hausmeister und stellte sich neben seinem Hund auf. »Leg dich!« Die Blicke des Hausmeisters schweiften durch den Gang. Agathe legte sich vor die Lattentür und behielt Keller, Fiete und den Regulator voller Zuneigung im Auge.

Der Hausmeister trat ein paar Schritte vor und überprüfte die Kellerdecken. Fiete saß in der kleinen Wanne und fühlte sich unbehaglich. Über diesem Einrichtungsgegenstand für kleine Badezimmer tropfte es von der Decke herab. Es tropfte genau auf Fietes Kopf. Wenn er den Kopf wegdrehte, tropfte es in Fietes Hals. Die Tropfen waren sehr warm, beinahe heiß, die Temperatur war gerade noch erträglich.

Agathe lag vor der Lattentür, und wenn er den Kopf über den Beckenrand hob, begegneten ihm ihre treuen Hundeaugen und ihr freundliches Schwanzwedeln. Drei Meter entfernt stand der Hausmeister, wandte ihnen den Rücken zu und beobachtete pfeifend die Handwerker, die sich endlich bequemten, Ventile auszutauschen.

Fiete hätte gern gesagt, hier tropft es, hier ist auch ein Wasserrohrbruch. Sag das mal einer aus einem fremden Keller heraus!

Gelegentlich erhob sich der Hund, um den Handwerkern bei der Arbeit zuzusehen. »Geh weg, Agathe«, sagte dann der Hausmeister und pfiff wieder vor sich hin. Er betrachtete jetzt die andere Seite der Lattenverschläge und die Decken, unter denen die Rohrleitungen verliefen. Er betrachtete die Decke über dem Keller, von der es auf Fiete in seiner Sitzbadewanne herabtropfte.

»Verdammt«, sagte der Hausmeister und hörte auf zu pfeifen. »Da ist auch einer!«

Er begab sich hinüber zu den Handwerkern. »Da ist noch ein Wasserrohrbruch. Ich stelle die Leitungen ab.« Er ging, um zum zweiten Mal die Wasserleitungen abzustellen. Agathe erhob sich und folgte ihm.

Fiete stieg lautlos aus der Wanne. Es ist nicht zu glauben, wie schnell man bis zu den Schuhsohlen durchweichen kann, wenn man unter einer tropfenden Wasserleitung sitzt!

Er schlich aus dem Lattenverschlag hinaus und lehnte die Tür an, würdigte den antiken Regulator keines Blickes mehr und verduftete.

Fiete Schnöken hegte für den Rest seines langen Lebens eine merkwürdige Abneigung gegen alte Standuhren.

In Södersens Apartment-Vermietung ging unterdessen der Betrieb weiter. Antje Webern vermittelte Kaffeefahrten nach Dänemark. Herr de Fries gab Auskunft über Hünengräber und empfahl die Orgelkonzerte in der Keitumer Kirche. Eine Familie aus Garmisch buchte eine Butterfahrt mit der *Gret Palucca* und fragte ängstlich, ob die auch seetüchtig sei. Ein Berliner fragte nach einem Skatclub, ein Mann aus Kiel nach den Schießständen des Schützenvereins. Der übliche Krakeeler behauptete, er habe ein Apartment bestellt und man habe seine Bestellung nur verschlampt. Er prallte an der unerschütterlichen Liebenswürdigkeit von Uwe Jensen ab wie an einer Gummiwand. Fräulein Watten empfahl die Teestunde im Witthüs, wo man die Bücher der Alice Schwarzer und die von Mao kaufen konnte, und bekannte, dass sie keine Ahnung hatte, was das hornlose Rindvieh in den Marschen für eine Rasse sei. Der Kommissar sah mehr verdächtige Gesichter, als ihm lieb war, denn so viele Leute konnten Harry Luke nicht entführt haben!

Kurz vor Feierabend erschien Hanny Runne im Empfangsraum. »Die neuen Gäste für das Haus am Weißen Kliff kommen morgen früh mit dem ersten Zug. Direktor Feuernagel aus Frankfurt mit Familie. Herr de Fries, Sie wohnen bei Jörgensen ja gleich um die Ecke. Bitte fahren Sie nachher in Braderup vorbei und sehen Sie zu, dass alles in Ordnung ist.«

Der Holländer stand auf und verbeugte sich zustimmend.

»Und stellen Sie ihm eine Flasche Whisky in den Kühlschrank. Wir müssen noch genug von dem Zeug da haben. Er hat das gern.« Sie wandte sich an den Kommissar, der andächtig zwei sich vor dem Fahrstuhl reihum und abwechselnd küssenden Paaren zusah. »Das Haus gehört Ihrem Pornokönig, Kommissar. Er wohnt nicht mehr drin. Er will es verkaufen, für eine Million! Ich sagte ihm, die kriegt er nie! Jetzt wird er es wohl billiger hergeben!«

Herr de Fries schüttelte tadelnd den Kopf. Hanny Runne errötete und biss sich auf die Lippen. Elke Wattens graue Augen beobachteten die beiden aufmerksam. Uwe Jensen lachte und sagte: »Die muffige Bude!«.

»Das Ferkel«, rief Antje Webern schadenfroh.

Kommissar Friederking ärgerte sich. Von dem Haus am Kliff hatte er nichts gewusst. Heute konnte er nichts mehr unternehmen. Und wenn da morgen Gäste einzogen, war es wohl in Ordnung. Immerhin wollte er versuchen, ob nicht doch einer seiner Leute dort vorbeischauen konnte. Aber auf Sylt macht auch die Polizei ungern Überstunden.

Harry Luke saß in seinem dunklen Keller, in dem es weder Fenster noch elektrisches Licht gab, und langweilte sich. Die Pläne für das Champagnerschiff waren fix und fertig, ebenso eine neue Artikelserie, die er *Sex über sechzig* nennen würde, falls ihm die Druckerei blieb. Er gedachte, ein paar Großmütter über ihre unterdrückten Gefühle schreiben zu lassen.

Einer von Elsies Theaterfreunden hatte ihm einmal erzählt, bei den Generalvorstellungen für die Rentner seien es gerade die alten Damen, denen die gepfefferten Sauereien am besten gefielen. Harry Luke überlegte, ob er nicht die erotischen Gefühle dieses Kundenkreises etwas stärker berücksichtigen sollte. Vielleicht lag es an der heutigen Ernährung, aber er würde seine Hände dafür ins Feuer legen, dass weder seine Mutter und erst recht nicht seine Großmutter sich Sauereien auf der Bühne hätten bieten lassen.

Jeder Händler versucht, seinen Kunden die Waren anzubieten, nach der sie verlangen. Jedem das Seine! Harry Lukes Geschäft war Unterhaltung und nicht Moral. Und wenn einer sagte, er würde damit die Leute verderben, so konnte er bloß auf die Kirche verweisen. Die bemühte sich seit zweitausend Jahren, aber die Menschheit war nicht besser geworden.

Die Dunkelheit fing an, ihm auf die Nerven zu gehen. Wenn er Raucher gewesen wäre, hätte er vielleicht Streichhölzer oder ein Feuerzeug in der Tasche gehabt. Und die Schweine hätten ihm das vielleicht gelassen. Aber auch nur vielleicht! Früher, als er dieses Haus noch selbst bewohnte, stand auf der obersten Treppenstufe im Keller immer eine

Sturmlaterne. Aber die war leider nicht mehr da. Sie war das erste, wonach Harry Luke gesucht hatte.

Verdammt, wenn es doch nur irgendetwas gäbe, was er tun könnte! Kein Schrank, kein Tisch, kein Stuhl, es gab in diesem ganzen Keller nur dieses blödsinnige Tau, auf dem er saß.

Nach dem Krieg hatte er amerikanische Besatzungssoldaten gesehen, die Tag für Tag an einer Hauswand lehnten und gar nichts taten. Sie lasen nicht einmal eine Zeitung. Wenn man dagegen so am Strand den Kindern und Vätern unserer Nation zusah, wie sie emsig und unaufhörlich Sandwälle aufschütteten, Burgen bauten, unterirdische Kanäle anlegten und Wassergräben zogen - Sandschaufeln waren das beste Geschäft an der Küste -, so war es glatt unmöglich, Behauptungen zu glauben, die Amerikaner stammten zumindest teilweise von den Deutschen ab. Harry Luke jedenfalls hatte nichts Amerikanisches im Blut.

Er könnte das Tau aufwickeln und wieder zusammenrollen. Er hatte das Ding einmal bei einem Spaziergang am Watt gefunden und nach Hause geschleppt. Es war armdick, fünf Meter lang und wog damals ungefähr zwei Zentner. Er konnte sich recht gut daran erinnern, mit welchem Kraftaufwand er das nasse Zeug heimgeschleppt hatte. Er stellte sich damals vor, es könnte besonders attraktiv die Terrasse abgrenzen.

Man sagt den Chinesen nach, sie überlegen bei jedem Tier, das ihnen über den Weg läuft, wie es wohl schmeckt. Harry Luke überlegte bei jedem Gegenstand, den er sah, was er damit anfangen konnte.

Das Tau lag wochenlang zum Trocknen in der Garage. Schließlich schmiss er es in den Keller und rollte es da zusammen.

Er sah sich noch darauf sitzen, nachdem er es zusammengerollt hatte, und wie er bedauerte, dass ihm so absolut nichts einfallen wollte, wozu er es gebrauchen könnte. Als Abgrenzung für die Terrasse war es zu unansehnlich. Aber er war nicht bereit, es wegzuwerfen.

Bei der Arbeit war ihm der Nagel vom Zeigefinger eingerissen, und er hatte mit dem Taschenmesser versucht, den Nagel abzuschneiden. Er sah das Bild von damals sehr genau vor sich. Es war der rechte Zeigefinger gewesen, und er war mit der linken Hand nicht sehr geschickt. Er schnitt sich in den Finger. Blut quoll. Das Messer fiel ihm aus der Hand und rutschte zwischen die Tauschlingen. Er hatte sein Taschentuch um die Wunde gewickelt und fluchend nach dem Messer gesucht. Aber er hatte es nicht gefunden.

Er hatte sich nie wieder um das Messer gekümmert. Es musste jetzt so an die fünf Jahre hier in dem Seil rosten!

Nichts sprach dagegen, es jetzt zu suchen. Auch ein rostiges Messer war eine Waffe, wenn es darauf ankam. Auf jeden Fall war es eine Beschäftigung, im Dunkeln nach einem Messer zu suchen, das vor ungefähr fünf Jahren in ein zusammengerolltes Tau gerutscht war.

Harry Luke stand auf, spuckte in die Hände und machte sich an die Arbeit. Vorsichtig rollte er Stück für Stück das Tau auf und tastete mit den Händen sorgfältig in den Zwischenräumen. Es dauerte nicht einmal lange. Das Messer war nicht weit gerutscht. Harry Luke fand es unter der obersten Lage.

Er prüfte es mit den Fingern. Die offene Schneide war völlig verrostet. Der Rost saß wie eine dicke Kruste über der Klinge, aber diese steckte noch im ebenfalls verrosteten Heft und fühlte sich an, als säße sie fest.

Er rollte das Tau wieder zusammen und setzte sich grübelnd darauf. Wusste, es war ein rostfreies Messer gewesen. Es gibt Dinge, über die man nie nachdenkt. Man hört »nichtrostender Stahl«, basta. Aber er rostet trotzdem. Siehe Harry Lukes Messer! Zugestanden, nach fünf Jahren in einem nassen Keller und mindestens zwei Sturmfluten rostet auch der beste nichtrostende Stahl. Aber rostet er durch und durch?

Er versuchte lieber nicht, ob die Klinge zerbrach, wenn er daran herumbog. Aber er konnte vielleicht versuchen, sie etwas zu schärfen...

Jetzt setzte er sich auf die unterste Stufe der Steintreppe und begann vorsichtig, das Messer an der Stufenkante zu schleifen. Rost bröckelte ab, aber die Klinge blieb fest.

Er schärfte das Messer sehr langsam, sehr vorsichtig und mit der Geduld eines Mannes, dem alle Zeit der Welt gehört. Seine ganze Sorgfalt galt dem Heft. Die Klinge durfte nicht aus dem Heft herausbrechen.

Harry Luke wetzte sein Messer und pfiff dabei leise Bert Brechts Song von Macky Messers Messer, das keiner sieht. Seine Laune besserte sich ganz erheblich. Und als er wieder das inzwischen vertraute Öffnen der Tür an der oberen Treppe vernahm, schob er sein Werk in den rechten Schuh und stand auf, um sein Wienerwaldhähnchen im Plastikbeutel aufzufangen. Es war wunderbar, dass das Geflügel mit so viel Fett gebraten wurde. Fett war genau das, was sein Magen und sein altes Messer nötig hatten.

Einige Stunden später besaß Harry Luke eine zwar etwas zerbrechliche, aber immerhin eine Waffe. Er hatte in einem Krimi gelesen von einem Mann, der stets im Handumdrehen mit einem Messer nach seinem Gegner werfen konnte. Er zog das Messer aus dem Ärmel - oder war es ein Schuh? - und nagelte den Burschen auf fünf Meter Entfernung an die Wand. Vermutlich war es der gute, alte Edgar Wallace, der das erfunden hatte! Aber, mein lieber Jolly, der hatte das nun wirklich nicht selber ausprobiert! Steck mal einer ein Taschenmesser mit feststehender Klinge in den Ärmel oder in den Schuh! Ehe man zum Ziehen kam, hatte man eine Blutvergiftung weg!

Harry Luke dachte gründlich nach. Das Messer musste eine Scheide haben. Sehr gut! Eine Scheide aus was? Alles, was es hier gab, war ein Tau aus Hanf. Dann musste es eben eine Scheide aus Hanfstrick sein!

Er spleißte aus dem Tauende geduldig ein Stück Schnur und umwickelte damit das Heft da, wo die Klinge saß. Aus einem weiteren Stück Schnur wickelte er so etwas wie ein längliches Körbchen, das ihm danach selbst im Dunkeln als danebengeraten vorkam.

Harry Luke spleißte unzählige Schnurstücke, aus dem Tau und schnitt sie mit seiner neuen Waffe ab. Er wickelte, flocht und machte Fingerübungen wie ein Pianist, wenn die Hände streiken wollten. Er hatte eine Beschäftigung für weitere Stunden gefunden.

Schließlich hatte er so etwas wie eine Messerscheide zusammengebracht, die ihm zweckmäßig erschien.

Er dachte nach. Als er nach dem Überfall in Morsum zu sich kam, lag er mit einem Knebel im Mund und auf den Rücken gefesselten Händen am Boden eines Lieferwagens, und mit gefesselten Händen und verbundenen Augen hatten sie ihn in den Keller seines Hauses gebracht. Hier erst gaben sie ihm Mund, Augen und Hände frei.

Harry Luke band sich das Messer in seiner geflochtenen Scheide auf dem Rücken am Hosengürtel fest und übte wiederum geduldig und unermüdlich, wie man es wohl am geschicktesten mit gefesselten Händen herausziehen und benutzen konnte. Er gab Zirkusvorstellungen für die kahlen und dunklen Kellerwände. »Herrschaften«, sagte er. »Sie sehen hier den berühmten Entfesselungskünstler Harry Luke! Arme beugt! Vorsichtige Bewegung mit Daumen und Zeigefinger! Simsalabim, Abrakadabra! Hände frei! Hosen hochgezogen, Messer zwischen die Zähne! Her mit dem Gelichter!«

Sollte er wirklich bankrott sein, wenn Elsie ihn hier herausgeholt hatte, konnte er auch noch im Zirkus als Entfesselungskünstler auftreten und mit Messern nach einem Mädchen werfen. Einem nackten Mädchen natürlich, sonst würde sich das heutzutage keiner ansehen!

Die Tür an der Treppe öffnete sich. »Afdensmad! God nad, her!« Der Hähnchenbeutel flog. Medasmed, Afdensmad, god nad, her! Mittagessen, Abendessen, gute Nacht, Herr! Eine schwere Sprache schien das nicht zu sein, die die Halunken sprachen. Harry Luke hätte gern gewusst, was es für eine Sprache war; Dänisch, Friesisch, Platt? *Good appetite* war auf jeden Fall englisch. Harry Luke machte sich über sein Hähnchen her, trank das Bier und rollte sich schließlich wieder auf dem Tau zusammen. Hoffentlich entschlossen sie sich bald, ihn herauszuholen. Besonders appetitlich roch es hier auch nicht mehr!

Nach Feierabend begleitete Hellmut de Fries den Kommissar noch ein Stück die Strandstraße hinunter. »Ich muss zum Supermarkt«, erklärte er. »Meine Wirtsleute sind in Hamburg. Ich muss mir noch etwas zum Abendessen einkaufen.«

Wie immer ging Herr de Fries ganz in weißem Leinen, und Kommissar Friederking, der sich auch in solchen Dingen auskannte, überlegte, wer ihm wohl jeden Morgen die Hosen bügelte. Nach einem langen Tag, an dem Herr de Fries durchaus getan hatte, was Hanny Runne von ihm für ihr Geld verlangte, wirkte er immer noch wie aus dem Ei gepellt und so sorglos, wie man sich einen eleganten Nichtstuer vorstellt, obwohl zumindest auf der Insel auch diese schon längst in Blue Jeans und bügelfreien Hemden herumliefen. Außerdem wohnte Herr de Fries bei einem Maler. Wie mochte er da wohl mit seinem weißen Leinen zurechtkommen? Der Maler Jörgensen malte in Öl, und soweit Kommissar Friederking unterrichtet war, waren selbst die manierlichsten Leute Schmierfinken, wenn sie sich in Ölfarben selbstverwirklichten.

»Was halten Sie von Herrn Jörgensen als Maler?«, fragte Kommissar Friederking, als er an diesem Punkt seiner Überlegungen angekommen war.

»Oh, er ist hervorragend, sehr stark, aufwühlend manchmal«, sagte der Architekt schlicht. »Ich hoffe, er hat Erfolg in Hamburg. Er malt in sehr dekorativen, sehr architektonischen Formen. Das spricht mich als Architekt natürlich besonders an.«

Kommissar Friederking hatte nichts gegen Herrn de Fries. Er fand ihn durchaus sympathisch. Aber er hatte an diesem Tag das Wort *Architekt* so oft gehört, dass er sich jetzt vornahm, nachprüfen zu lassen, ob der Mensch wirklich Architekt war.

»Er ist zwar noch etwas zu sehr der Schule Prampolini und Bozzolini verpflichtet«, fuhr Herr de Fries eifrig fort und ahnte nichts von den Gedanken seines Zuhörers. »Aber er hat schon einen sehr persönlichen Geometrismus, finden Sie nicht auch?« Herr de Fries traute der Polizei viel zu.

In seinen verschwiegensten Stunden malte Kommissar Friederking ebenfalls. Er malte das Meer, das Wasser, die Wellen, das Licht und den Sand von Sylt, vor allem aber malte er den Himmel und die Wolken, immer wieder den Himmel und die Wolken von Sylt. Und er malte das alles nicht nach der Natur, er malte nach Postkarten. Schon William Turner hat das getan, und seine Bilder hängen in allen großen Galerien des Abendlandes.

»Er verdichtet die Wirklichkeit.« Herr de Fries schien ehrlich angetan zu sein von Manne Jörgensens Kunst. »Sehen Sie, das Wichtigste für einen Maler ist nicht die Schau der Wirklichkeit, sondern die Wirklichkeit seiner Schau!«

Kommissar Friederkings Bilder würden nie am Steintor in Hamburg ausgestellt werden.

Emmo Anderson überlegte zum hundertsten Mal, ob Hilla ihn wohl heiraten würde, wenn er sie fragte. Er half nach Feierabend beim Neubau eines Wohnblocks in Tinnum. Man hatte ihm dort für später den Hausmeisterposten angeboten. Als Hausmeister bekam er bei denen eine Wohnung. Dann konnte er Hilla heiraten, sie brauchte nicht mehr zu putzen, bloß das Telefon bedienen und für ihn kochen. Und das Baby hatte ein ordentliches Zuhause. Außerdem hatten die Leute in Tinnum ihm sehr deutlich gesagt, dass sie selbstverständlich mit einem verheirateten Hausmeister rechneten, was Emmos Frage an Hilla natürlich erst recht dringlich machte.

Fräulein Watten aß mit Inken Strandvogt zu Abend, Steinbutt mit Kartoffelsalat, spülte nachher das Geschirr ab und erzählte dabei bereitwillig, dass sie in Hamburg einmal bei einem Reisebüro gearbeitet hatte. Sie machte einen fröhlichen und keineswegs niedergeschlagenen Eindruck. Nach dem Abtrocknen ging sie auf ihr Zimmer, wo sie die Inselkarte studierte und dann eine dunkelblaue Hose und einen dunklen Pullover anzog. »So, Curry, und jetzt gehen wir spazieren«, sagte sie zu dem Hund, der auf dem Fußboden lag und sie unter den starken Augenbrauen hervor voll neuer Anbetung und altem Zweifel beobachtete. Er sprang hoch und sauste zur Tür. Er rannte ihr voraus die Treppen hinunter, er zeigte kläffend seine gesunden und scharfen Zähne. Alles an Curry freute sich. »Curry, du verrückter Hund«, sagte Elke Watten und verließ mit ihm das Haus.

Sie kam nie zurück. Einige Leute sagten später, sie hätten sie mit dem Hund an der Omnibushaltestelle am Seedeich stehen sehen. Ein Fahrer glaubte, sich dunkel erinnern zu können, dass ein Fräulein mit einem Hund in seinem Bus mitfuhr. Aber wo sie ausgestiegen und ob sie überhaupt dagewesen sei, also beschwören konnte er das nicht. So schön konnte sie nicht gewesen sein, dass er besonders hingeguckt hätte.

Hanny Runne saß in Herrn Södersens Büro und rechnete ab. Sie tranken Bier und etliche Klare. Herr Södersen prüfte Hannys Unterlagen durchaus nicht flüchtig, und Hanny Runne nahm ihm das nicht übel. Geldgeschäfte hatten nichts mit Freundlichkeiten zu tun.

»Von Harry Luke haben wir noch nichts weiter gehört«, sagte Hanny. »Meinst du, wir sollten die Frau anrufen?«

»Nur mit der Ruhe, Deern«, sagte Herr Södersen und hob das gemütlich breite Gesicht. »Nicht so eilig. Ich kenne dic Frau. Die ist dreimal so schlau wie der olle Harry. Wenn die Lunte riecht, geht nichts mehr. Abwarten und Tee trinken, min Deern.«

»Na ja, es zieht sich schon ein halbes Jahr hin, und seit de Fries draußen war, bin ich unruhig. Wir hätten ihn nicht mit hineinziehen sollen.«

»Reg dich nicht auf, der hält den Mund. Und wir haben Zeit, bis wir grau sind!« Er lachte und fuhr sich über die spiegelnde Glatze, dann betrachtete er wohlgefällig Hanny Runnes honigblonde Löckchen. »Und du auch, Hanny«, sagte er vergnügt.

Sie lachte. »Nun, wenn du meinst. Ich schiebe nie gern etwas auf die lange Bank. Und Warten fällt mir schwer!«

»Weiß ich, Deern, weiß ich. Aber bei dem Geschäft braucht man halt Geduld. Verlass dich da ruhig auf mich!« Er streckte sich und klopfte Hanny Runne anerkennend auf den Rücken. »All klor, min Deern«, sagte er fröhlich. »Der Laden läuft gut. Jetzt machen wir

Feierabend.« Es war kurz vor neun Uhr abends.

Hanny packte zufrieden ihre Unterlagen zusammen. Sie wünschte Herrn Södersen eine gute Nacht und ging durch die Passage hinüber zu ihrem Büro, um abzuschließen und heimzugehen.

Uwe Jensen hatte Spätdienst. Und es kamen die üblichen späten Gäste mit ihren üblichen Fragen: Zimmerschlüssel, Garagenschlüssel, Wäschepaket, Erklärungen, wie die Betten ausgeklappt und die Balkontüren festgehakt wurden. Er schwätzte ein paar Minuten mit dem Hausmeister Hansen, der seinen frommen Hund ausführte und ihm sein Leid klagte. Er hatte an diesem Tag zwei Wasserrohrbrüche gehabt, ausgerechnet die Heiß Wasserleitungen! Das Wasser war durch sechs Stockwerke hindurch bis in den Keller gelaufen. Kacheln waren von den Wänden gefallen, Tapeten aufgeweicht und Bilder verdorben. Blieb nur zu hoffen, dass die Eigentümer nichts merkten. Das gäbe Arger! Den Ärger der Mieter war Hausmeister Hansen gewohnt; mit denen wurde er fertig. »Das Haus hat Mucken«, sagte er und strich seinem Hund freundlich über den Kopf, »das ganze Haus muckt!« Agathe wedelte mit dem Schwanz und blickte verträumt zu ihm auf. Uwe Jensen gab zu, dass das Haus muckte, und ging zurück an seinen Schreibtisch.

Hanny Runne schloss die Tür zu Södersens Apartment-Vermietung auf. Überall brannte noch Licht. Jensen war also noch im Haus. Sie räumte ihre Bücher in den Schreibtisch, überzeugte sich, dass die Tür zur Straße abgeschlossen war, und ging zurück zum großen Empfangsraum, um auch dort noch einmal nach dem Rechten zu sehen. Da klingelte das Telefon.

Sie schaute auf die Uhr. Gerade neun vorbei. Sie zögerte. Die Leute sollten am Tag anrufen, während der Geschäftszeit! Dann siegte das Pflichtgefühl. Sie nahm den Hörer ab. »Södersen Apartment-Vermietung!«

»Hier ist die Nordseeklinik, Schwester Ursula«, erklärte eine Frauenstimme. »Herr de Fries bat darum, dass wir Sie benachrichtigen. Er hatte einen Unfall und konnte sich nicht mehr um das Haus in Braderup kümmern^

»Ist er verletzt? Ist es schlimm? Kann ich mit ihm sprechen?«

Die Krankenschwester zögerte. »Er hat sich die Hand verletzt«, sagte sie schließlich. »Und steht unter Schockeinwirkung. Doktor Jesserer hat ihm eine Spritze gegeben. Er schläft jetzt.«

»Danke für den Anruf, Schwester«, sagte Hanny Runne und legte auf.

Uwe Jensen war zurückgekommen. »Was ist los?«, fragte er. »Ist was passiert?«

»Es war die Nordseeklinik. Herr de Fries hat einen Unfall gehabt. Verletzte Hand und Schock. Es tut mir leid, Uwe, aber Sie müssen morgen früh nach Braderup und den Feuernagels das Haus am Kliff aufschließen. Gehen Sie dann gleich mal beim Krankenhaus vorbei und schauen Sie, ob wir was für den armen Kerl tun können. Die Jörgensens sind doch in Hamburg!«

Sie hob die Hand und wedelte mit den Fingern. »Gute Nacht, Uwe«, sagte sie und ging endgültig nach Hause.

Uwe Jensen sah nach, ob alle Schlüssel im Depot waren, löschte alle Lampen, schloss ab und ging hinüber zur Treppe nach dem Fahrradkeller, wo er sein Rad stehen hatte. Er hatte noch zwanzig Kilometer Fahrt nach Hörnum vor sich. Vielleicht kochte ihm Inken Pidderlüng ein Abendessen. Sonst musste er sich eben mit einem belegten Brot begnügen.

In der Ecke bei den Briefkästen schimmerte ein helles Kleid. »Hallo, Herr Jensen!«, kicherte eine Frauenstimme.

Uwe blieb stehen. Er hatte Maren Friederking vergessen! Er hatte nicht mehr an sie gedacht, seit sie sich heute Mittag von ihm verabschiedet hatte. Verdammt, wollte die etwa jetzt noch etwas von ihm? Er war müde und hungrig und durchaus nicht dazu aufgelegt, alten Mädchen den Hof zu machen.

Uwe Jensen blieb trotzdem höflich. Er war wie ein Schauspieler, der seine Rolle zu spielen anfängt, sobald er die Bühne sieht. »Ja, Fräulein Friederking, Sie haben doch nicht etwa auf mich gewartet?«

»Aber ich habe doch gesagt, dass ich Sie abhole!«, schrie Maren Friederking, dass man es bis zum Ende der Passage hören konnte. »Und da bin ich jetzt!«

Uwe zögerte. »Es ist schon spät«, verhandelte er. »Ich muss noch bis nach Hörnum. Es tut mir leid. Vielleicht ein andermal?«

»Aber warum denn?«, schrie Maren fröhlich. »So ein kleiner Bummel über die Promenade wird doch noch drin sein? Nach Hörnum kommen Sie immer noch!«

Seit Jahren hatten Frauen über Jensen bestimmt. Er fand nicht die Kraft, nein zu sagen. »Also schön«, sagte er gutmütig und lächelte die Frau an, »wenn Sie es so gern möchten, bummeln wir eben mal über die Promenade.«

Maren war glücklich über alle Toppen. Sie nahm seinen Arm, dann schlenderten sie mit den Sommergästen über die hellerleuchtete Strandpromenade. Die Kurkapelle spielte noch, irgendetwas Todtrauriges aus dem tschechischen Repertoire, bei dem die Augen der alten Herrschaften vor der Musikmuschel nostalgisch leuchteten.

»Gehen wir weiter«, schrie Maren. »Die spielen ja so laut, dass man sein eigenes Wort nicht hört!«

Er ging bereitwillig mit ihr in Richtung der Seenot nach Wenningstedt zu. Am Ende der Promenade setzten sie sich in den Sand. Der Mond schwamm im Süden wie ein blassgelber Ballon. Das Meer glänzte in dunkelseidenem Perlmutt. Draußen, hinter der Sandbank, ankerten die Boote der Krabbenfischer, und ihre Positionslichter flochten grün-rot leuchtende Perlenschnüre vor dem schwarzen Horizont. Der Wind trug den Geruch von Meer, Fischen und Seetang und einzelne Klänge der Musik von der Promenade herüber.

»Ist es nicht schön?«, fragte Maren und rückte näher an ihn heran. Sie hatte ihr Haar frisch gewaschen. Er spürte ihre Wärme durch den dünnen Stoff ihrer Bluse. Er spürte ihr Verlangen. Er zog sie an sich, küsste sie lange und mit erfahrenen Lippen. Sie ließ sich in den Sand fallen und schloss die Augen.

Uwe Jensen hatte vorzügliche Lehrmeisterinnen gehabt. Er wusste, was nicht mehr ganz junge Frauen schätzten und wie man es ihnen gab und dabei selber noch zu seinem Vergnügen kam.

Die Nacht war weich und die Luft wie Sekt. Der Sand war trocken und wollüstig warm. Maren Friederking hatte noch nie erfahren, wieviel Glück körperliche Liebe bieten kann. Sie tauchte ein in eine bodenlose, dunkelblaue, geradezu schmerzhafte Glückseligkeit.

Uwe Jensen genoss ihre Hingabe wie ein Jahrmarktsvergnügen. Er konnte nichts dafür, hatte nie etwas anderes gekannt.

»Ich muss nach Hause«, sagte er, als er glaubte, dass es nun schicklich war, von etwas anderem zu reden. »Ich muss morgen früh um sieben schon wieder in Braderup sein. Ein paar Stunden Schlaf brauche ich schon!«

Sie lachte leise und glücklich. Die vergangene Stunde hatte sogar ihre Stimme verändert. Ihre Hände spielten mit seinen Haaren, seinen Ohren, sie konnte die Hände nicht von ihm lassen. »Du fährst heute nicht nach Hörnum, mein Lieber! Du bleibst bei mir über Nacht. Morgen früh bist du dann in ein paar Minuten in Braderup!«

Er überlegte sich die Sache. Der Vorschlag war nicht schlecht. »Und dein Bruder?«, fragte er schließlich.

»Ach«, sagte sie heiter, »der schläft im oberen Stock auf der anderen Seite vom Haus. Der hört und sieht nichts. Und erwachsen bin ich schließlich auch schon!«

Er holte sein Rad, und sie gingen zu Fuß nach der Oststadt, wo Maren Friederking wohnte. Im Westgiebel unter dem Dach brannte Licht. Kommissar Friederking saß noch bei der Lampe und malte die Wolken und den Himmel von Sylt nach Postkarten.

Sie schlichen in die Küche. »Er kommt jetzt nicht mehr herunter«, versicherte Maren, und Uwe Jensen dachte verwegen: Na wennschon! Sylter Nächte machen leichtsinnig, jeder hat es schon erlebt.

Sie buk ihm ein Omelett mit Schinken und Pilzen und brachte ihm gekühltes Pils. Dann öffnete sie ihm ihr. Schlafzimmer und ihre Arme und ließ sich wieder glücklich machen bis zur Verrücktheit.

Im grauen Morgen schwang sich Uwe Jensen auf sein Fahrrad und fuhr gen Norden zum Weißen Kliff, um Direktor Feuernagel aus Frankfurt und seine Familie zu empfangen und ihnen zu erklären, wie Klappbetten, Sturmhaken und die Diebstahlsicherung funktionierten.

Uwe Jensen fühlte sich wie ein junger Christ, der eine ganze Nacht hindurch Wohltaten nach rechts und nach links ausgeteilt hatte. Maren Friederking aber war fest entschlossen, diesen jungen Christen nie mehr aus den Fingern zu lassen.

In der Nacht wurde Harry Luke roh geweckt. Sie hielten ihm die Nase zu, stopften ihm ein Tuch in den Mund und banden ihm noch eines darüber. Sie rissen ihm die Arme auf den Rücken und fesselten ihm die Hände. »Up, up«, sagte ein vermummtes Gesicht, und ein zweiter Bursche legte ihm eine Schlinge um den Hals. Das Ende der Schnur behielt er in der Hand. »Up, up«, wiederholte der erste, »politi!«

Er nahm die Sturmlaterne hoch, die Harry Luke einmal auf die oberste Treppenstufe seines Kellers gestellt hatte, aber der Schirm blendete nach hinten ab, er konnte ihre Gesichter nicht sehen.

Harry Luke stolperte mit ihnen die Treppenstufen hinauf. Beim geringsten Widerstand zog sich die Schlinge um seinen Hals fester zu. Die Schweine lachten, wenn er hilflos durch die Nase röchelte, wenn ihm die Luft wegblieb, und lockerten dann die Schlinge um seinen Hals wieder ein bisschen.

Sie führten ihn hinaus vors Haus. Dort blieben sie sichernd stehen.

Der Mond hing über dem Watt. Es war Ebbe. Der schwarze Schiffsrumpf der alten *Mariann* lag wie von Silber umflossen im Schlick.

Sie führten ihn hinunter zum Strand und durchs Watt bis hin zu dem dunklen Wrack. Wollten sie ihn auf die *Mariann* bringen? Politi, Polizei! War die Polizei in der Nähe?

Unter ihren Schuhen gurgelte es im Schlick. Die beiden Männer unterhielten sich in einem Mischmasch von Sprachen, von dem er kaum etwas verstand. »I tell you, det er da richtigt!«

»Det er ikke sandt, no!«

»Yet he caught her prowling around the house!«

Er erwischte sie, als sie ums Haus schlich! Sein Herzschlag setzte aus. Elsie! Hatten sie Elsie erwischt? Nein, Elsie würde nie um Häuser herumschleichen. Elsie nicht! Nie würde Elsie so etwas tun. Mein Gott, lass nicht Elsie so etwas getan haben!

Der schwarze Schiffsrumpf reckte sich vor ihnen auf wie ein träges Ungeheuer. Der Lichtstrahl des Kampener Leuchtturms glitt darüber hin, tauchte Heck und Bug in gleißende Helligkeit und lief weiter zum Ufer, über, die Dünen und hinaus in den Westen.

Eine verrottete Schiffsleiter hing von Backbord herunter. Der eine, der den Strick um Harry Lukes Hals hielt, kletterte voraus an Deck. »Up, up«, rief er leise seinem Kumpan zu. Der zerschnitt Harry Lukes Handfesseln und hielt ihm ein Messer in den Rücken. Der von oben zog mit dem Strick.

Harry Luke kletterte die Schiffsleiter hoch. Was hatten sie mit ihm vor? Würde es reichen, wenn er seinem Hintermann ins Gesicht trat und dem anderen an die Kehle ging, sobald er oben war?

Es ging nicht. Seine Luft reichte nicht aus. Der verdammte Knebel machte ihn atemlos und schlapp wie ein asthmatisches Weib.

Sie banden ihm an Deck Hände und Füße zusammen. Herrgott, lass sie bloß nicht das Messer in meinem Hosengürtel finden!

Sie entdeckten es nicht. Sie trugen ihn wie ein Stück Holz zum Heck, stießen ihn durch ein Loch unter dem ehemaligen Salon. Harry Luke fiel durch eine schwarze Unendlichkeit.

Er fiel mit dem Gesicht auf faulendes Stroh. Sie warfen ihm den Stick hinterher, dessen Schlinge ihm immer noch den Hals einschnürte.

»God nad, her!«, rief ihm einer nach.

»Warte, du Schwein, wenn ich dich einmal in die Finger kriege!« knirschte Harry Luke, in Gedanken nur, denn seinen Mund verstopfte ein Knäuel Baumwolle.

Er hörte sie über die Planken laufen. Sie ließen ihn hier liegen wie einen nassen Sack. Was war geschehen? Wen hatten sie erwischt? Und wo war die Polizei?

Harry Luke fühlte vorsichtig nach seinem Messer, diesem kostbaren Messer, das einmal vergessen fünf Jahre lang vor sich hin gerostet hatte. Lieber Gott, gib, dass es jetzt für das brauchbar war, was er von ihm erwartete!

Er fühlte, es war noch da. Wälzte sich vorsichtig in eine bessere Lage. Dieser verdammte Knebel, er bekam kaum Luft!

Vorsichtig! Vorsichtiges Armanziehen, Daumen und Zeigefinger anlegen! Er hatte es stundenlang geübt. Er musste es jetzt können!

Er hatte das Messer. Vorsicht, Vorsicht, ganz langsam jetzt. Wenn ihm das Messer aus der Hand fiel, war er verloren!

Ruhe, Ruhe! Keine falsche Bewegung! Er wagte kaum zu atmen.

Er hatte das Messer in der Hand, brachte es in die richtige Lage. Sie hatten ihm mit einer gewöhnlichen Schnur die Hände gefesselt.

Harry Luke blieb noch Jahre später die Luft weg, wenn er bedachte, dass sie ihn auch mit einem Draht hätten fesseln können. Aber sein kostbares Messer schnitt in billige Nylonschnur!

»Herrschaften«, murmelte Harry Luke atemlos und dankbar, als er ungefesselt und ungeknebelt auf dem stinkenden Stroh der ehemaligen Seemannskoje saß. »Sie sehen hier den berühmten Entfesselungskünstler...« Er hustete. Seine Nase kitzelte. Einen Schnupfen würde er auf jeden Fall kriegen!

Er befestigte sein Messer wieder am Gürtel. Man konnte nie wissen!

Durch ein Leck in der Bordwand fiel Mondlicht herein. Im Schiffsboden unter ihm stand Wasser. Manchmal plätscherte es da unten. Ratten, dachte er, ach ja, die Ratten! Ob sie ihn lebendig gefressen oder gewartet hätten, bis er verhungert war?

Er stand auf und versuchte, die Öffnung zu erreichen, durch die sie ihn heruntergeworfen hatten. Die Treppe, die es hier früher einmal gab, war längst verfault. Man musste an der Wand hochklettern.

Harry Luke spuckte in die Hände. Der Mensch stammt vom Affen ab, heißt es. Er hatte das nie geglaubt. Heute musste es stimmen!

Harry Luke schien nicht von den Affen abzustammen. Er kam nicht an der Wand hoch. Er setzte sich schwer atmend auf den schrecklichen Strohsack und dachte nach. Seine Hände spielten mit dem Strick, an dem ihn die Schweine geführt und den sie ihm nachgeworfen hatten. Ein Strick!

Harry Luke war nie ein Bergsteiger gewesen, aber er wusste, wie die das machen. Harry Luke traute sich zu, mit einem Strick den Mount Everest zu besteigen! Wenigstens in dieser Nacht!

Der Strick war ein solides Hanfseil. Gott sei gelobt! Harry Luke würde von nun an immer und ewig an den lieben Gott glauben!

Der Mond stand jetzt senkrecht über der Öffnung, die Harry Lukes Freiheit bedeutete. Er sah einen vorspringenden Eisenhaken. Daran musste einmal die Treppe nach unten befestigt gewesen sein. Er warf die Schlinge danach, unermüdlich, ungezählte Male.

Er erwischte den Haken. Die Schlinge zog sich fest, gerade so wie vor einigen Stunden noch um Harry Lukes Hals.

Er hielt sich mit den Händen am Seil fest und stemmte sich mit den Füßen gegen die Wand. Erreichte die Öffnung, schwang sich hinaus. Dann stand er unter dem dunklen Himmel auf dem modernden Deck der alten *Ma-*

riann. Der Mond war schon weitergewandert, nur noch ein blasser Schimmer erhellte den Himmel im Westen.

Er reckte die Arme. »Herrschaften, Herrschaften! Elsie! Elsie, wenn sie dir etwas angetan haben, Gott gnade denen!«

Er glitt über die Leiter ins Watt. Schon kehrte die Flut zurück. Er sah an der Bordwand empor. Immer noch spielte der Kampener Leuchtturm mit den schwarzen Konturen, hob sie silbern ins Licht und ließ sie zurückfallen in die Finsternis von Meer und Nacht. Er stapfte, bis zu den Hüften im Wasser, um das Wrack herum, und wie eine dicke, dunkle Mutter verbarg es ihn mit seinem Schatten.

Zwei Stunden später war er in seinem Haus in Morsum, wo ihn eine nahezu hysterische Haushälterin aufschreiend empfing.

»Los, los, ich brauche ein Bad und etwas zu essen, Fleisch, Wurst, Käse, alles, bloß kein Geflügel! Ich muss telefonieren!«

Er stürzte ans Telefon. Er rief in Poeseldorf an. Als er die kühle, beherrschte Stimme seiner Frau hörte, sagte er nur »Gott sei Dank, Elsie, du lebst!«, dann fiel er in Ohnmacht.

Freitag

Inken Strandvogt kochte den Morgenkaffee für ihre Sommergäste und ging hinaus in den Garten, um frische Rosen für den Tisch im Frühstückszimmer zu schneiden. Als sie die Haustür öffnete, wischte Curry an ihr vorbei und sauste durch den Flur die Treppe zum Keller hinunter.

»Verrückter Hund«, murmelte Inken Strandvogt nachsichtig und schnitt ihre Rosen. Curry war also auch Fräulein Watten ausgerissen. Inken empfand eine gewisse Schadenfreude bei diesem Gedanken, was ihr später leidtat. Aber wen freut es schon, wenn dem eigenen Hund fremde Leute lieber sind?

Später brachte sie Curry sein Reisfleisch und frisches Wasser. Der Hund lag apathisch ausgestreckt auf seiner Matte neben dem Heizkessel. Er hielt den Kopf auf den Vorderfüßen und bewegte kaum den Stummelschwanz, als sie kam. Sie stellte ihm den Napf hin und sagte: »Na, du verrückter Hund?« Dann ging sie wieder nach oben und kümmerte sich um ihre Gäste.

Als Hanny Runne am Morgen beim Kurzentrum ankam, wartete bereits der Kommissar vor ihrer Bürotür. »Guten Morgen, Herr Kommissar«, begrüßte sie ihn munter. »Sind Sie schon lange da?« Sie gab ihm die Hand. Er neigte sich mit einer Verbeugung darüber, wie Hanny Runne das nur aus ihrer Flensburger Bühnenzeit kannte. Sie fand das hübsch. Sie schloss die Tür auf und ging vor ihm hinein in ihre grünbraunhonigfarbene Arbeitswelt.

Auf dem Fußboden vor ihrem Schreibtisch lag ein Mädchen. Es trug dunkelblaue lange Hosen und einen dunklen Pullover. Es lag wie schlafend mit dem Gesicht nach unten und hielt die Arme über dem Kopf ausgestreckt. Aber der Körper war merkwürdig verkrampft und seltsam starr. Es gab keinen Zweifel, das Mädchen war tot.

Hanny Runne gab einen erstickten Laut von sich und trat zur Seite, um den Kommissar hereinzulassen. Dann griff sie rasch hinter sich und zog die Tür ins Schloss.

»Fräulein Watten!«, sagte der Kommissar.

»Fräulein Watten!«, bestätigte Hanny Runne. Sie ging um das tote Mädchen herum und setzte sich schwerfällig auf einen der kleinen Ledersessel, die samt einem zierlichen Glastisch eine hübsche Besucherecke an der Rückseite ihres Büros bildeten.

Kommissar Friederking kniete bei der Toten nieder, fasste nach ihren Handgelenken, schob vorsichtig die Haare am Hinterkopf auseinander und zog eines der geschlossenen Augenlider hoch. »Tot«, sagte er schließlich und erhob sich. »Ich würde sagen, schon seit einigen Stunden. Und jemand hat ihr die Augen geschlossen!«

»Wie kommt sie hierher?«, fragte Hanny Runne mit kleiner Stimme. »Wie kommt sie in mein Büro?«

»Tja, Fräulein Runne, das werden wir wohl herausfinden müssen!«

»Man muss die Polizei rufen!«

Das römische Profil lächelte nachsichtig. Fräulein Runne benahm sich immer so, wie man es von einer richtigen Frau erwartete, tüchtig, aber weiblich, und da, wo es sich gehörte, war sie hilfsbedürftig.

»Ich würde vorschlagen, wir gehen in das andere Zimmer und schließen hier ab. Sie brauchen sich um nichts zu kümmern. Ich werde alles veranlassen. Ich bin ja die Polizei, Fräulein Runne!«

Sie lächelte ihn dankbar an. Wie lange war es her, dass einer zu ihr gesagt hatte: »Sie brauchen sich um nichts zu kümmern!«

Sie stand auf und ging hinaus in den Empfangsraum. Er blieb noch einige Zeit in ihrem Büro zurück. Sie hörte ihn telefonieren.

Später kam er zu ihr heraus. »Wann kommt Ihr Personal?«

Sie schaute auf die Uhr. »Um neun«, sagte sie. »Sie werden bald da sein. Das heißt, es werden bloß Antje Webern und Emmo sein. Herr de Fries ist in der Nordseeklinik. Er hatte gestern Abend einen Unfall. Und Uwe Jensen sollte heute früh in Braderup sein und nachher beim Krankenhaus vorbeischauen. Ich habe keine Ahnung, wann er zurückkommt.«

Sie schloss die Tür zur Passage auf und öffnete dann den Kühlschrank. »Ich muss etwas trinken«, sagte sie fast flüsternd. »Ist es sehr unangebracht, wenn ich mir einen Kognak nehme?«

»Nein, nein, natürlich nicht. Ich hätte daran denken sollen. Es muss für Sie ein schrecklicher Schock sein. Setzen Sie sich doch, bitte. Ich schenke Ihnen ein!«

Er schenkte ihr ein, bestenfalls ein Drittel von dem, was Hanny Runne gern getrunken hätte. Dann hielt er ihr das Glas hin. Sie kippte seinen Inhalt herunter, lächelte dankbar zu ihm auf. »Sie sind der netteste Polizist, der mir je begegnet ist.«

»Kommissar«, verbesserte er nachsichtig. »Ich bin nie Polizist gewesen!«

»Kommissar«, verbesserte sie sich reuig. Er erinnerte sie an den Architekten. Der hatte auch immer Angst, man könnte ihn für einen gewöhnlichen Sterblichen halten. Sie seufzte ein bisschen. Ihre alte Tüchtigkeit erwachte. »Was geschieht jetzt?«

»Das übliche«, antwortete der Kommissar. »Sie kennen es doch vom Fernsehen, nicht wahr? Die wissen da sehr genau Bescheid, das muss man sagen. Aber wir machen es nicht so dramatisch!«

Hanny Runne kannte es nicht vom Fernsehen. Sie liebte keine Krimis, hatte dabei immer das Gefühl, die Leichen lägen bei ihr in der Stube herum. Heute hatte sie eine im Büro, und die kam nicht vom Fernsehen. Hanny ging wieder zum Kühlschrank zurück. Vor elf Uhr morgens tranken nur die Säufer. Hanny Runne war das heute egal. Stolpern Sie mal über eine Leiche, die Sie vor zwei Tagen munter und fidel als Aushilfskraft eingestellt haben! Hanny Runne fühlte sich berechtigt, heute schon vor neun zu trinken!

Draußen fuhren Kommissar Friederkings Helfer vor. Sie kamen leise und unauffällig, Bürger in ziviler Kleidung und mit Bärten wie die Räuber. Der Kommissar schloss ihnen Hanny Runnes Büro auf. Sie machten sich dort zu schaffen. Sie fotografierten, bestäubten Türklinken und Möbelgriffe und verschwanden nach einiger Zeit genau so diskret, wie sie gekommen waren, und nahmen das tote Mädchen mit. Ein paar Vorübergehende sahen eine verdeckte Bahre, die in einen unauffälligen Kastenwagen geschoben wurde - auf der Insel ist nur der Notarztwagen gekennzeichnet -, und nur Hanny Runne und die inzwischen eingetroffenen Antje Webern und Emmo Anderson .wussten, was da vor sich ging. Und natürlich der Hausmeister! Zu wissen, was in seinem Zuständigkeitsbereich geschah, gehörte zu seinem Amt. Er stand, seinen braven Hund neben den Knien, an der Hausecke, beobachtete, fragte nicht und dachte sich dafür umso mehr.

Kommissar Friederking zog sich mit Hanny Runne in das kleine Büro zurück, das die Polizei ordentlich und sauber zurückgelassen hatte. Hanny Runne schauderte zusammen, als sie nach der Stelle sah, wo das Mädchen gelegen hatte. Der Kommissar tätschelte ihr beruhigend die Hand und setzte sich dann auf Hanny Runnes Schreibtischstuhl hinter Hanny Runnes Schreibtisch und bot ihr ihren eigenen Besucherstuhl an. »Es hilft nichts«, sagte er, »jetzt fängt die Untersuchung an. Wie lange waren Sie gestern im Büro?«

Sie betrachtete das römische Profil, das ihr diesmal besonders römisch vorkam, und obwohl sie ein reines Gewissen hatte, dachte sie dabei an Christenverfolgung, an Nero und an Caligula. Sie fühlte sich wie ein kleines Mädchen. »Bis neun«, sagte sie artig, »kurz nach einundzwanzig Uhr. Ich habe mit Herrn Södersen die Abrechnungen gemacht.«

Kommissar Friederking rechnete nach. »Der Arzt meint, sie müsste schon zehn bis zwölf Stunden tot sein. Er wird es noch genau bestimmen. Sie haben um einundzwanzig Uhr das Büro verlassen. Zu dieser Zeit muss sie also noch gelebt haben. Der Tod wäre dann gestern Abend zwischen einundzwanzig und dreiundzwanzig Uhr eingetreten.«

»Woran ist sie denn gestorben?«, fragte Hanny zaghaft.

»Sie wurde erschlagen, von hinten erschlagen mit einem Hammer oder einem ähnlichen Gegenstand. Die Tatwaffe wurde nicht gefunden.«

»Erschlagen?«, hauchte Hanny Runne. »Heißt das - Mord?« Obwohl sie es ahnte, hatte sie es irgendwie nicht wahrhaben wollen. Mord, hier in Södersens Apartment-Vermietung? Sie hätte jetzt gern noch einen Kognak gehabt, wagte aber nicht, darum zu bitten. Das römische Profil wirkte zu dienstlich und sehr wie ein Kommissar von der Kriminalpolizei. Und das alles in ihrem hübschen grün- braunhonigfarbenen Büro und an ihrem Schreibtisch! Hanny Runne fand, dass sie einem leidtun konnte!

Sie berichtete alles, was ihr einfiel. Sie war kurz nach neun gegangen. Uwe Jensen war noch da gewesen. Er hatte Spätdienst und noch Gäste eingewiesen. Er kam dazu, als sie den Anruf aus der Nordseeklinik entgegennahm.

Der Kommissar war interessiert. Sie erzählte vom Unfall des Herrn de Fries, von der verletzten Hand und dem Schock und der Beruhigungsspritze Dr. Jesserers.

Das war alles, was sie zu sagen hatte. Uwe Jensen musste bald kommen. Vielleicht wusste er mehr. Sie war vom Büro aus direkt nach Hause gegangen. Sie hatte noch bis elf mit Inken Strandvogt Rommé gespielt. Fräulein Watten hatte sie nicht gesehen. Sie hörte, dass sie nach dem Abendessen mit dem Hund Curry spazieren gegangen war. Und konnte sich nicht erinnern, dass sie Fräulein Watten gehört oder gesehen hätte.

Sie wusste nichts über Fräulein Watten. Sie war eine Strandjule und hatte nach Arbeit gefragt. Lisbet Jörgensen, ihre Sekretärin, brauchte ein paar Tage Urlaub. Fräulein Watten machte einen ordentlichen Eindruck. Hanny Runne hatte sie eingestellt und wünschte jetzt von Herzen, sie hätte es nicht getan.

»Gab es etwas zwischen Jensen und Fräulein Watten?«, fragte der Kommissar, der von Uwe Jensens Weibergeschichten wusste.

Hanny Runne erschrak. »Sie glauben doch nicht, dass er sie umgebracht hat? Das ist unmöglich! Er kannte sie doch überhaupt nicht!«

Kommissar Friederking hielt nichts für unmöglich. Er würde sich Uwe Jensen vornehmen. Er würde dies völlig korrekt tun, natürlich, aber er konnte diesen Weiberhelden nicht ausstehen. »Sie muss nach Ihnen in Ihr Büro gekommen sein«, sagte er. »Einer Ihrer Leute muss sie hereingelassen haben. Oder hatte sie einen Schlüssel?«

Hanny Runne schüttelte den Kopf. »Sie kann ihn sich natürlich genommen haben«, erklärte sie schließlich. »Es kann hier jeder an das Schlüsseldepot.« Sie bekannte das ungern. Das Schlüsseldepot war eine der Schwachstellen in Södersens Apartment-Vermietung. Jeder konnte sich Zutritt zu allen Apartments verschaffen mit den Schlüsseln aus Södersens Schlüsseldepot. Aber es musste ja schließlich jeder von ihnen auch Zutritt zu den Apartments haben!

»Was hatte sie hier zu suchen? Es liegt nahe, dass sie hier mit jemandem verabredet war. Und der einzige, der noch hier war, war Herr Jensen!«

»Wissen Sie, Herr Kommissar«, sagte Hanny Runne energisch und war wieder die Frau, die sich seit fünfzehn Jahren mit fremden Leuten und wechselndem Personal herumschlug, »ich traue mir etwas Menschenkenntnis zu. Ich traue allen möglichen Leuten einen Mord zu, sogar mir selbst, manchmal! Aber nicht Uwe Jensen! Er ist der einzige, der so was nicht tut!«

Hätte Hanny Runne das Gegenteil behauptet, Kommissar Friederking hätte vermutlich auch das sehr weiblich und daher entschuldbar gefunden. Sein Gesicht drückte deutlich aus, was er dachte.

Hanny Runne besann sich darauf, dass sie eine Frau war. Sie schob ihre Löckchen zurecht und setzte sich anmutiger hin.

Aber ausgerechnet jetzt, wo Hanny Runne anfing, sich wohler zu fühlen, war der Kommissar mit ihr fertig. »Ich werde noch Fräulein Webern und Herrn Anderson befragen. Und ich werde mich um Herrn de Fries kümmern. Hoffentlich ist er nicht zu sehr verletzt. Er ist ein gebildeter junger Mann, versteht sehr viel von Kunst. Es tut mir leid, dass Ihnen jetzt gleich zwei Arbeitskräfte ausfallen.«

Hanny Runne neigte graziös den hübschen Kopf und lächelte herzlich, schien plötzlich zwanzig Jahre jünger geworden zu sein. Sie musste heute noch zum Friseur, selbst wenn in ihrem Büro noch ein paar Leichen mehr herumliegen sollten! Und außerdem würde sie morgen einen Obsttag einlegen!

Antje Webern war verweint, als sie in Hanny Runnes Büro kam, um sich von Kommissar Friederking ausfragen zu lassen. Sie war am vergangenen Abend im *Riverboat* gewesen und hatte getanzt. Sie hatte Fräulein Watten vor zwei Tagen zum ersten Mal gesehen und hatte sie ganz nett gefunden, nur ein bisschen neugierig.

»Neugierig?«, fragte der Kommissar. »Wie neugierig?«

»Na ja, sie hörte jeder Unterhaltung zu. Sie studierte dauernd die Gästelisten, fragte mich über jeden aus und wollte wissen, wieso der Herr de Fries bei uns arbeitete, wo er doch ein so großartiges Apartment hätte, und ob wir außer im Kurzentrum noch andere Wohnungen und Häuser vergalten. Na, eben so«, Antje Webern wurde vage, »eben neugierig, wie es bei uns keiner ist.«

»Halten Sie es für möglich, dass sie deshalb nachts noch einmal hierhergekommen ist, weil sie herumschnüffeln wollte?«, fragte Friederking in plötzlicher Erleuchtung.

»Genau das meine ich«, platzte Antje Webern heraus. »Die wollte hier herumschnüffeln. Aber was sie dabei herauskriegen wollte - ich habe keine Ahnung!«

»Sie sind also davon überzeugt, dass sie etwas herausfinden wollte? Das heißt, sie hat hinter jemandem her spioniert und wurde möglicherweise deshalb umgebracht?« Kommissar Friederking fuhr sich nachdenklich über das glattrasierte Kinn. Das Kind gab ihm den ersten brauchbaren Hinweis in dieser mysteriösen Geschichte.

Antje Webern stürzten schon wieder die Tränen aus den Augen. Sie schluckte. »Ich glaube auch nicht, dass sie eine Strandjule gewesen ist. Die war nicht der Typ, wissen Sie? Ich glaube, die hat sich überhaupt nicht mit Männern eingelassen! Die wollte sich bei uns bloß einschleichen!«

»Einschleichen? Können Sie sich irgendeinen Grund dafür vorstellen?«

»Überhaupt keinen!« Antje Webern schlug die hellen Kinderaugen unschuldig und treuherzig auf. »Überhaupt keinen! Bei uns hat keiner auch nur das Geringste zu verbergen! Das dürfen Sie mir glauben! Ich kenne sie doch alle!«

Der Kommissar lächelte.

Antje Webern durfte wieder gehen.

Emmo Anderson hatte bis nachts um zehn in einem Neubau in Tinnum Fliesen gelegt. Das Fräulein Watten hatte ihm nicht gefallen; warum, das konnte er nicht so genau sagen. Sie hatte ihm eben nicht gefallen.

»Machte sie den Eindruck einer Strandjule?«, fragte der Kommissar unvorsichtig.

Emmo Anderson ging hoch. »Strandjule! Es kann den anständigsten Mädchen passieren, dass sie auf einen Saukerl hereinfallen, der sie sitzenlässt!«

Der Kommissar dachte an die Putzfrau mit dem Baby und wurde vorsichtiger. »Ich meinte gar nichts Abfälliges. Hatten Sie den Eindruck, dass so ein Kerl Fräulein Watten hatte sitzenlassen?«

»Die nicht«, murrte Emmo Anderson dunkel, »das war keine, die sich von so einem hereinlegen lässt.«

Mehr war von Emmo Anderson nicht zu erfahren.

Kommissar Friederking ging hinaus, um den Hausmeister zu suchen.

Er traf ihn auf der Treppe. Der Hüne stopfte gerade einen Berg Abfall in den Müllschlucker. »Tja«, sagte Hansen und wischte sich die Hände an der Hose ab, »so ist das nun mal. Die Leute schmeißen ihren Dreck nicht in den Müllschlucker, sie werfen ihn davor auf die Treppe. Das Personal soll wissen, wofür es da ist!«

Friederking betrachtete den Abfall, der da herumlag, Plastiktüten mit Küchenabfällen - vermutlich -, leere Bierdosen, leere Weinflaschen, leere Whiskyflaschen, welke Blumen, Zeitungen, Konservendosen, Marmeladengläser, getragene Kleidungsstücke. »Ist das in allen Stockwerken das gleiche?«

»So ziemlich.« Der Hausmeister grinste. »Weiter oben werden es mehr Flaschen.«

»Nun«, sagte Friederking energisch, »lassen Sie den Dreck mal liegen. Ich möchte mich mit Ihnen unterhalten.«

»Wollen Sie mit in meine Wohnung kommen?«, fragte der Hausmeister und zeigte nicht die geringste Spur von Neugier. »Da kommt bloß dauernd einer. Wenn es Ihnen nichts ausmacht, gehen wir lieber in meine Werkstatt.«

Kommissar Friederking war es recht, und so folgte er dem Hünen in einen Raum, der von vorn bis hinten vollgestellt war mit Schränken, Regalen, Tischen und Stühlen in den merkwürdigsten Stilarten und Farben. »Alles aus dem Müll«, erklärte Hansen. Auf den Schränken, Regalen und Tischen standen Eimer voll Farbe, Dosen mit Farben und Imprägnier-Mitteln, Werkzeug, Kacheln, Teppichreste, Glasscheiben, Gummischläuche, Türklinken, Lampenfassungen und Glühbirnen, Leimtöpfe und Behälter mit Fensterkitt, Werg, Watte, Holzwolle, all die tausend Dinge, die der Hausmeister eines Wohnturms mit einigen hundert Wohnungen braucht, da von ihm die unwahrscheinlichsten Reparaturen verlangt werden.

Hansen bot Friederking ein zierliches, weißes Rokokostühlchen an, dessen weißes und goldenes Polster durch einen roten Farbfleck verunstaltet war.

Friederking ließ sich darauf nieder und fühlte sich nicht wohl dabei. Er hätte lieber hinter seinem Schreibtisch im Büro gesessen und den Hausmeister vor sich im Besucherstuhl gehabt. Dabei ging es Friederking nicht einmal um seine Würde, es ging ihm um seine Bequemlichkeit. Rokokostühlchen sind nur für Leute unter einssiebzig gedacht.

Der Hausmeister setzte sich rittlings auf etwas, das entweder ein Gebetsstuhl oder ein Lesepult, vielleicht aber auch etwas ganz anderes war. Jedenfalls schien Hansen darauf gemütlicher zu sitzen als Friederking auf seinem Rokokomöbel. Trotzdem konnte sich Friederking aber auch wieder nicht vorstellen, dass er selbst auf einem Gebetsstuhl, oder was das Ding auch immer sein mochte, sitzen und dabei eine dienstliche Unterhaltung führen könnte.

»Im Büro von Fräulein Runne wurde heute Morgen eine junge Frau tot aufgefunden. Es handelt sich um ein Fräulein Watten, die gerade erst vor zwei Tagen bei Fräulein Runne angefangen hat.«

»Ja, ich weiß«, sagte Hansen und verschränkte die Arme auf einer Art Lesepult. Kommissar Friederking fühlte sich durch Hausmeister Hansens Möbel entschieden irritiert.

»Woher wissen Sie das?«, fragte er argwöhnisch.

Hansen hatte keineswegs ein schlechtes Gewissen. »Tja, wissen Sie, Herr Kommissar, dazu bin ich ja da, dass ich weiß, was hier vor sich geht, nicht wahr? Wenn ein Auto im Parkverbot steht, dann guck' ich da schon mal hin. Und wenn das ein Auto von der Polizei ist, bleib ich stehen und guck' noch mal hin, und ich guck' so lang hin, bis ich weiß, was da passiert ist. Ich nehme an, dass Sie sich mit mir ja auch bloß unterhalten wollen, weil Sie meinen, dass ich weiß, was hier vorgeht, oder nicht?«

Kommissar Friederkings römisches Profil wurde menschlich. Er lächelte. Der Hausmeister Hansen war ein Mann nach seinem Herzen. Auf Sylt gab es prächtige Menschen. »Also gut«, gab er zu, »Fräulein Watten wurde in der vergangenen Nacht vermutlich zwischen einundzwanzig und dreiundzwanzig Uhr ermordet. Sie wurde mit einem Hammer oder etwas Ähnlichem von hinten erschlagen und war vermutlich sofort tot. Wir wissen nicht, was sie zu dieser Zeit in Fräulein Runnes Büro suchte; wir wissen bisher überhaupt noch sehr wenig über das Fräulein Watten. Haben Sie zufällig gestern Nacht zwischen einundzwanzig und dreiundzwanzig Uhr irgendetwas bemerkt, gehört oder gesehen, das mit diesem Vorfall zu tun haben könnte?«

Der lange Friese schob sich die Schiffermütze weiter ins Genick, fuhr sich mit der Hand über die Stirn und richtete seine blauen Augen offen auf den Kommissar. »Tja, ich will ja keinen in Verruf bringen. Und ich kann es ja auch nicht mit Bestimmtheit behaupten. Aber ich habe gestern so um zehn meinen Hund noch einmal runtergeführt, und da hat der Volkswagen von dem Architekten da im Parkverbot vor Fräulein Runnes Bürotür gestanden.«

Der Kommissar lehnte sich schweigend in seinem zierlichen Möbel zurück und schaute den Hausmeister eine Zeitlang nachdenklich an. »Sie können nicht mit Bestimmtheit sagen, dass es der Wagen von Herrn de Fries gewesen ist? Wieso nehmen Sie dann an, dass es sein Wagen war?«

Der Hausmeister schob die Lippen vor und runzelte die Stirn. »Tja, wie ich schon gesagt habe, wenn ein Auto im Parkverbot steht, schau ich schon mal hin. Ich bin nicht hingegangen. Es hat kein Licht gehabt, ich meine, die Scheinwerfer haben nicht gebrannt. Ich habe gedacht, es ist der Wagen von dem Architekten bei Fräulein Runne, der ist mal bloß eben was holen gekommen, der fährt gleich wieder weg. Und dann bin ich mit Agathe weitergegangen. Eine halbe Stunde später bin ich wieder zurückgekommen, und da war der Wagen weg.«

Kommissar Friederking war nicht zufrieden. »Hansen«, sagte er eindringlich, »was Sie da sagen, ist außerordentlich wichtig. Der Herr de Fries war um diese Zeit in der Nordseeklinik. Er hatte einen Unfall. Er kann also unmöglich selbst mit seinem Wagen um zehn Uhr hier gewesen sein. Verstehen Sie, was ich sagen will? Können Sie mir irgendwie erklären, warum Sie glaubten, dass es sich um den Wagen von Herrn de Fries gehandelt hat? Um zehn Uhr ist es schon dunkel. Da sieht ein Volkswagen aus wie der andere!«

Der Hausmeister biss sich auf die Lippen. Er betrachtete seine Finger, die Wand gegenüber, den an der Platte eines braunen Schreibtischs befestigten Schraubstock, und hob schließlich den Kopf. »Ich kann da bloß sagen, ich habe einfach gedacht, dass es sein Volkswagen war. Ich glaube es eigentlich auch jetzt noch. Bei den Leuten, die man kennt, braucht man ja auch nicht das Gesicht zu sehen. Man kennt sie von hinten, sogar wenn sie einen Hut aufhaben oder einen dicken Mantel anhaben, nicht wahr? Ich meine, bei einem Auto ist es dasselbe!«

Friederking dachte nach. »Brannten die Straßenlampen?«

»Natürlich, die brennen jede Nacht bis um zwölf. Dann ist es dunkel.«

Friederking dachte weiter nach. Man kennt Menschen auch von hinten, hatte Hansen gesagt. Und damit hatte er recht. Kannte man auch Autos von hinten? Natürlich, wenn man die Autonummer sah! Wenn dieser Hansen so sicher war, dass dieses Auto vor Fräulein Runnes Bürotür der Volkswagen von Herrn de Fries war, gab es eigentlich nur die Erklärung, dass er diese Autonummer gesehen und daran den Wagen erkannt hatte. »Kennen Sie die Autonummer von Herrn de Fries?«, fragte er.

In Hausmeister Hansens blauen Augen leuchtete es respektvoll auf. »Natürlich, das ist es. Ich hab' die Autonummer gesehen! Deshalb weiß ich, dass es der Volkswagen vom Herrn de Fries gewesen ist!«

Sie sahen sich beide an und nickten. Wer auch immer dieses Auto dort geparkt hatte, er hatte sich mit Fräulein Watten getroffen und sie erschlagen. Aber wer mochte das sein?

»Brannte im Büro noch Licht?«

Da war Hansen sicher. »Nein.« Weder in Hanny Runnes Büro noch im großen Empfangsraum hatte Licht gebrannt. Es war alles dunkel gewesen, als er seinen Hund ausführte.

Hansen hatte nichts weiter zu berichten. Er hatte niemanden gesehen, weder von vorn noch von hinten. Es war ein Jammer, aber nicht zu ändern.

Friederking stand auf, begutachtete interessiert einen Spiegel, über den mit großen Buchstaben »Coca Cola« geschrieben war, und einen zierlichen, gelben Briefkasten, der über dem Posthorn eine geschlossene Krone trug. »Ist das auch aus dem Müll?«

»Der Briefkasten ja«, erklärte der Hausmeister, »den Spiegel habe ich gekauft!«

Friederking schüttelte Hansen die Hand, sagte »Danke« und »behalten Sie das für sich, Hansen«, dann ging er zurück in Hanny Runnes Büro, um die Nordseeklinik anzurufen.

Er erklärte Dr. Jesserer, wer er war, und fragte, ob es sich genau feststellen lasse, wann gestern Abend ein Herr de Fries mit einer Unfallverletzung in der Nordseeklinik angekommen sei?

Der höfliche Arzt sagte: »Einen Augenblick, ich frage mal nach. Unfälle werden bei uns immer mit der genauen Zeit eingetragen.«

Kommissar Friederking brauchte nicht lange zu warten. »Er kam genau um zwanzig Uhr fünfundvierzig«, sagte Dr. Jesserer. »Er hat sich den Finger abgeschlagen. Ziemlich hässliche Sache. Wir haben ihn verbunden. Er stand ziemlich unter Schock. Ich selbst habe ihm um zwanzig Uhr fünfzig eine Spritze Bromazepam gegeben, und er hat durchgeschlafen bis heute früh um sechs. Dann wurde er erneut verbunden und hat nach dem Frühstück um sieben Uhr dreißig das Haus verlassen.«

Kommissar Friederking war noch nicht zufrieden. »Noch eine Frage, Dr. Jesserer. Wäre es Herrn de Fries in seinem Zustand möglich gewesen, nach seiner Verletzung und nachdem er behandelt worden war, ungefähr um zweiundzwanzig Uhr mit seinem Auto von Wenningstedt nach Westerland zu fahren?«

Dr. Jesserer lachte. »Herr Kommissar, ich kann es auf meinen Eid nehmen, dass er dazu auf gar keinen Fall in der Lage gewesen wäre, zumindest nicht in der von Ihnen angegebenen Zeit, weder physisch noch psychisch.«

Kommissar Friederking bedankte sich und legte auf.

Uwe Jensen war noch nicht erschienen. Der Kommissar beschloss, Inken Strandvogt im Bundiswung aufzusuchen und sich um die Hinterlassenschaft Fräulein Wattens zu kümmern.

»Tot?«, sagte Inken Strandvogt und strich mechanisch die Tischdecke glatt. »Erschlagen? Tja, das ist denn aber doch recht schrecklich! Da muss der Curry wohl dabei gewesen sein. Curry ist mein Hund. Sie ist gestern Abend nach dem Spülen mit ihm spazieren gegangen, und heute Morgen saß er vor der Haustür. Jetzt liegt er unten im Heizkeller und frisst nicht.«

»Was hatten Sie für einen Eindruck von ihr?«

»Sie war ordentlich, wirklich, sie war sehr ordentlich. Ich habe sie natürlich nicht ausgefragt. Hanny Runne hat mir erzählt, dass sie eine Strandjule war. Es kann ja jeder passieren, nicht? Aber sie war ordentlich und ein netter Mensch. Da kann man ihr nichts nachsagen, dem armen Mädchen.«

Kommissar Friederking betrachtete die Keramiken an den Wänden. Das Zeug gefiel ihm, aber nicht an den Wänden eines Frauenzimmers. Er bat darum, die Sachen Fräulein Wartens zu sehen.

Inken Strandvogt zeigte ihm die schmale Stiege unters Dach. »Die Kammer links«, sagte sie und ging zurück in ihre Küche. Sie hatte die Waschmaschine laufen. In der

Hochsaison hat eine Zimmervermieterin alle Hände voll zu tun.

Kommissar Friederking sah sich in dem Kämmerchen um. Auf dem Kleiderrechen hingen ein Regenmantel und ein Kleid, außerdem ein Nachthemd; darunter am Boden standen ein Paar helle Sandalen und ein Paar Pantoffeln, nicht billig, nicht teuer, gediegen.

Der Koffer unter dem Bett enthielt zwei Pullover, eine helle Leinenhose, Unterwäsche, Strümpfe. In einem flachen Lederetui steckte ein amtlicher Ausweis: »Detektivbüro Watten, Hamburg-Eppendorf«.

Er räumte Fräulein Wattens Kleider und Wäsche sorgfältig zurück und nahm den Ausweis an sich. Dann setzte er sich nachdenklich auf das Bett.

So war das also! Fräulein Watten war eine Detektivin aus Hamburg. Sie war neugierig, hatte das Kind Antje Webern gesagt. Detektive sind neugierig. Kommissare auch.

Friederking konnte zwei und zwei zusammenzählen. Fräulein Watten war bei Södersens Apartment-Vermietung am Nachmittag des Tages auf getaucht, an dem Harry Luke entführt worden war.

Fräulein Watten hatte nach Harry Luke gesucht. In wessen Auftrag? Im Auftrag der Familie natürlich! Sie nahm eine Stellung an bei Södersens Apartment-Vermietung, und dort wurde sie umgebracht! Warum? Von wem? Hinter wem war Fräulein Watten bei Södersen her gewesen?

Kommissar Friederking stand auf. Er würde dort jeden einzelnen auseinandernehmen! Und er würde mit diesem Weiberhelden Jensen anfangen, auch wenn Fräulein Runne ihre Hand für ihn ins

Feuer legte! Er war der letzte, der das Büro verlassen hatte!

Er verließ Inken Strandvogts Haus, ohne sich von ihr zu verabschieden. Sie schüttelte nachsichtig den Kopf und ging die Wäsche aufhängen.

Dr. Johannes Schäfer kam spät zu seinem Strandkorb nach Abessinien. Er war abends im Spielkasino gewesen, hatte eine hübsche Summe gewonnen und sie anschließend mit ein paar gutgelaunten Zufallsfreunden vertrunken.

Sein Schädel brummte, seine Laune war scheußlich. Er vermisste Annemarie. Sie konnte nett sein, wenn sie wollte.

Er interessierte sich nicht für seine Umgebung. Die neue Strandkorbnachbarin mit dem Baby und der blauen Socke hatte er schon vergessen.

Er zog sich aus, drehte seinen Strandkorb nach der Sonne und legte sich hinein, auf seinen Bademantel.

Der Wind strich über die Dünen. Die Sonne funkelte in den Gräsern. Wolken schwebten wie leise Seufzer am Himmel. Möwen segelten. Ein blauer Schmetterling saß auf seinem Sandwall. Hannes Schäfer schloss die Augen.

Eine kleine Frauenstimme, silbern wie Bachgeriesel, weckte ihn. Sie sang ein Kinderlied: »Wenn hier ein Pott mit Bohnen steiht und da ein Pott mit Brie, so lat ick Brie und Bohnen stahn und danz mit min Marie!«

Wie hübsch, dachte Hannes Schäfer, wenn man mal wieder jemand singen hört. Das junge Volk von heute singt ja keine Lieder mehr. Sie laufen mit ihren Kassettenrekordern herum und lassen singen!

Lachen, Jauchzen eines Kindes. Hannes Schäfer öffnete die Augen.

Er betrachtete wohlgefällig seine niedliche Strandkorbnachbarin, die ihr Kind mit den Armen hochhielt. Das lange Haar fiel ihr über den Rücken, und sie lachte wie ein ganz junges Mädchen.

»Hallo«, rief er hinüber, und als sie den Kopf wandte: »Guten Morgen! Sie sind ja gestern so schnell verschwunden?«

»Guten Morgen«, erwiderte das anmutige Wesen und ließ das vergnügt glucksende Kind wieder im Sand krabbeln. »Sind wir Ihnen zu laut?«

Der Schmetterling von Hannes Schäfers Sandwall flatterte hinüber zu der Niedlichen. »Oh, ein blauer Schmetterling! Baby, sieh mal, ein Schmetterling!«

Baby streckte die dicke Kinderhand aus. Der Schmetterling gaukelte davon.

»Ein blauer Schmetterling«, rief die Niedliche und wandte das Gesicht wieder Hannes Schäfer zu. Sie hatte Sommersprossen wie ein Bachstelzen-Ei. »Ich habe noch nie einen blauen Schmetterling gesehen! Wissen Sie, wie er heißt?«

Hannes Schäfer wusste es nicht. »Fragen Sie mich lieber nach einem Vogel«, schlug er gutgelaunt vor. »Ich kenne schon eine ganze Menge: Silbermöwen, Lachmöwen, Sturmmöwen, Säbelschnäbler, Austernfischer...«

Die Niedliche lächelte. »Gibt es die alle auf Sylt?«

Hannes Schäfer setzte sich auf. »Waren Sie noch nie hier?«

»Oh, doch, ich bin schon über ein Jahr hier. Aber für die Vögel hatte ich noch nie Zeit.« Sie stand auf, nahm ihr Kind auf den Arm und ging ans Wasser. Sie hatte einen hübschen Gang. Es gibt nur wenige Frauen, die anmutig barfuß gehen können.

Hannes Schäfer fand, er könnte auch ins Wasser gehen. Er stand auf und folgte dem anmutigen Geschöpf. Er folgte durchaus nicht ihren Spuren, erst recht nicht errötend. Er tat es ohne jeden Hintergedanken. Er dachte überhaupt nichts dabei. Er war einfach Adam, der erste Mensch, der Eva begegnete und sich zu ihr gesellte, weil sie der zweite Mensch war. Es wäre interessant, zu erfahren, ob Eva, bevor sie im Paradies auftauchte, von Adam gewusst hatte.

Sie saß mit dem Kind am Wasserrand und ließ es nach den hüpfenden kleinen Wellen der ankommenden Flut greifen. Das Meer wogte grün und blau mit weißen Krönchen. Schaum spritzte auf die kindlichen Hände und zerging in glitzernden Perlen. Der Bub lachte und griff immer wieder nach der federleichten Nässe.

Hannes Schäfer setzte sich zu ihnen. »Gehen Sie nicht ins Wasser?«, fragte er.

Sie zeigte beim Lächeln sehr kleine Zähne. »Ich kann Baby nicht allein lassen.«

»Springen Sie rein. Ich passe auf den Kleinen auf.«

Sie lächelte wieder. Alles an ihr lächelte, ihr Mund, ihre Augen, ihre Sommersprossen. »Sie sind lieb«, sagte sie, zog ihre himmelblaue Socke aus, stand auf und schritt mit ihrem anmutigen Barfußgang in die Flut, wurde umgerissen vom Ansturm der Brandung, warf lachend die Arme hoch und tauchte wie ein schmaler Fisch in die hochschießenden Wellen. Sie winkte vom Kamm einer Woge und verschwand dahinter im Wellental.

Das Kind saß mit ernsten Augen neben ihm im Sand und schaute der Mutter nach. Es weinte nicht, aber es verfolgte wie ein kleines Tier Meer und Wellen und die helle Gestalt auf dem Wasser.

Sie kam zurück, warf sich in den Sand. »Herrlich«, sagte sie. »Gott, ist das schön!«

»Wo kommen Sie her?«, fragte er. »Sie sind doch nicht von hier?«

»Frankfurt«, sagte sie und kniff vergnügt die Bernsteinaugen zusammen. »Und Sie sind aus Mannheim, stimmt's?«

»Ludwigshafen«, berichtigte er. »Aber es ist beinahe dasselbe.«

Sie stand auf. »Baby muss gefüttert werden«, erklärte sie. Gemeinsam gingen sie zurück zu ihren Strandkörben. Er setzte sich in den seinen, sie hockte sich vor dem ihren nieder. Aus einer hellblauen Tasche nahm sie eine Thermosflasche und einen Becher, gab dem Kind zu trinken, fütterte es aus einem roten Napf.

Das Kind trank, schluckte, steckte einen Finger in den Mund, legte sich um und schlief im gleichen Augenblick ein, so schnell, wie nur ganz kleine Kinder einschlafen können.

Seine junge Mutter packte es sorgsam in den Schatten, deckte es mit einer blauen Decke zu, lachte zu Hannes Schäfer hinüber und legte den Finger auf den Mund. Ihre Lippen formten: »Es schläft«, und dann stieg sie mit ihren eleganten Beinen über seinen Sandwall und hockte sich zu seinen Füßen nieder. Sie fragte mit kindlich naiver Neugier: »Was tun Sie, wenn Sie in Ludwigshafen sind?«

»Ich bin Arzt«, bekannte er und kam sich in seinem Adamskostüm plötzlich ein bisschen lächerlich vor. »Werksarzt, keine Leuchte der Wissenschaft!«

Sie schwieg einen Augenblick. »Wie drollig«, sagte sie dann und lächelte schon wieder mit den Augen, Mund und allen Sommersprossen. »Ich war Sprechstundenhilfe. Können Sie vielleicht im nächsten Jahr eine Sprechstundenhilfe gebrauchen? Ich ginge gern wieder zurück nach Süddeutschland!«

Er ging auf das Spiel ein. »Vielleicht. Warum erst im nächsten Jahr? Was tun Sie jetzt?«

»Ich putze«, antwortete sie, immer noch lächelnd.

»Sie putzen? Hier? Warum?«

Das lange Haar fiel ihr über die schmalen Schultern. Ihre Haut schimmerte rotgolden, ihr Haar war wie dunkles Kupfer, in den Augen leuchteten goldene Funken. »Das Baby«, sagte sie heiter, als sei damit alles gesagt.

Er schluckte. So modern war er in dieser Hinsicht nicht. Sie war also eine ledige Sprechstundenhilfe mit Kind! Konnte sie gewusst haben, wer er war?

Er sah ihr amüsiertes Lächeln, den freien Blick der heiteren Augen. Sie las seine Gedanken! Er schämte sich ein bisschen. Herrgott, was ging es ihn an, ob sie einen Mann hatte oder nicht? Er wollte sie ja schließlich nicht heiraten! Und sie ihn auch nicht, wenigstens sah es bis jetzt nicht so aus. Er würde schon Zusehen, dass sie sich keine falschen Hoffnungen machte!

Sie stand auf und klopfte sich den Sand von der schmalen Rückseite. »Ich gehe noch einmal ins Wasser. Bitte, passen Sie noch einmal auf Baby auf? Ich bleibe nicht lange.«

Er schaute hinüber zu dem Kind. »Der Kleine schläft fest«, sagte er schnell. »Ich komme mit.«

Sie lachte, nickte lieblich. Himmel, alles an dieser Person war voll Anmut! Warum musste sie nur ein Kind haben! Junge Mütter waren Hannes Schäfer heilig.

Er fasste sie bei der Hand. Sie liefen gemeinsam in die Wogen. Sie schrie auf, als die erste Welle sie hochhob und umwarf. Und dann kraulte sie neben ihm wie eine goldbraune, zierliche Schlange, und ihr langes Haar glitt dunkel und feucht wie ein Schweif hinter ihr her, mit den Wellen hinauf und wieder herunter.

Hannes Schäfer überließ sich dem Meer, das er liebte. Es funkelte und schimmerte, schäumte, wogte, bäumte sich auf und fiel zurück in blaugrüne Täler, floss ineinander und verschmolz zu einem heiteren, glitzernden Wiegen über hellem Strand und dunklem Buhnenholz.

Er ließ sich hinaustragen zur Sandbank, wo sich die haushohen Wellen mit wütendem Getöse brachen, fühlte sich stark und erhaben. Er vergaß das Mädchen, das ihm längst nicht mehr folgte, war allein mit dem Himmel und dem Meer und dem Wind über den Wogen.

Herrlich! Herrlich! Das Wort bedeutet: Ich bin der Herr, und die Welt ist mein! Ich bin groß! Ich bin stark!

Apollo jagte in goldenem Wagen über den Himmel. Aphrodite hüllte sich in Schleier von sprühendem Schaum. Hannes Schäfer war ein Mann. Ihm gehörte die Erde, die Welt, das Universum! Er war Herkules mit göttlichen Muskeln! Er war ein Riese mit drei Augen, der den Kopf ins Unendliche reckte - aber er war leider nur einssiebzig groß, und seine Lungen begannen zu rebellieren und erinnerten ihn höhnisch daran, dass er nicht mehr zwanzig war.

Hannes Schäfer kehrte zur Erde zurück. Er schwamm mit immer noch kräftigen Stößen zum Strand, wo die Niedliche auf ihn wartete. Sie trocknete ihr Hexenhaar im Wind, und ihre Augen sprachen sehr deutlich, dass sie ihn für einen Helden und Halbgott mit Riesenkräften hielt, für Apollo und Herkules in einer Person.

Kommissar Friederking ging bei seinem Büro vorbei. Er fand dort eine Meldung vor, dass Harry Luke sich befreit hatte und in Hamburg erwartet wurde.

Er rief in Harry Lukes Haus in Morsum an. Die Haushälterin bestätigte: Harry Luke war um fünf Uhr morgens nach Hause gekommen, hatte mit seiner Frau telefoniert und war dann zum Flughafen gefahren, um nach Hamburg zu fliegen.

Kommissar Friederking ging hinaus zum diensthabenden Wachtmeister. »Herr Pedersen«, sagte er, »geben Sie den Fall Elke Watten nach Hamburg durch. Man soll sich erkundigen, ob es in Eppendorf eine Detektei Watten gibt, und man soll die Familie Luke fragen, ob sie diese Detektei mit der Suche nach Harry Luke beauftragt hatte. Außerdem müssen eventuelle Angehörige der jungen Frau benachrichtigt werden. Ich bin in Södersens Apartment-Vermietung im Kurzentrum. Wenn es etwas gibt, rufen Sie mich dort an.«

Wachtmeister Pedersen setzte sich an den Fernschreiber, und der Kommissar machte sich grimmig auf den Weg zu Södersens Apartment-Vermietung im Kurzentrum.

Er fand dort im Empfangsraum die ganze Belegschaft versammelt. Hanny Runne, Emmo Anderson, Antje Webern und der junge Bendiks-Duven standen um den verwundeten Herrn de Fries herum. Uwe Jensen hatte ihn mitgebracht.

Der Holländer beantwortete mit leidender Miene neugierige Fragen, was ihm sichtlich schwerfiel. Er trug den rechten Arm mit der verbundenen Hand in einer Schlinge. Es schien ihm unangenehm zu sein, von seinem Unfall zu berichten, erst recht, als Kommissar Friederking nun auch noch danach fragte.

Er gab dem Kommissar die linke Hand. »Scheußliche Sache«, sagte er und fuhr sich ans Kinn. »Ich muss mich rasieren lassen. Ich habe alles schon berichtet. Es ist kein Heldenstück. Ich wollte zu dem Haus in Braderup. Ich bin nach den Abendnachrichten runter zu meinem Wagen gegangen, hatte ihn vor dem Haus stehen. Sie wissen ja, ich wohne in Wenningstedt an der Fernsicht. Ich wollte den Ölstand nachsehen, hatte beim Heimfahren den Eindruck, dass der Motor klappert. Also stellte ich die Kühlerhaube hoch; ich hatte die rechte Hand wohl auf die Karosserie gelegt - ich nehme das an, ich kann es wirklich nicht genau sagen -, und zog mit der linken Hand den Ölstab heraus. Ich weiß nicht, wie es passieren konnte; ich muss mich ungeschickt bewegt haben. Die Kühlerhaube sauste herunter, der Rand schlug mir auf die rechte Hand. Es tat zuerst eigentlich gar nicht besonders weh. Ich merkte erst eine ganze Weile später, dass mir das Blut über den Anzug lief.« Er wurde blass, schwankte ein bisschen und hielt sich am Empfangstisch fest.

»Setzen Sie sich doch«, sagte Hanny Runne. »Sie hätten nicht kommen sollen.«

Der Holländer schüttelte den Kopf. »Ich falle nicht so leicht um!« Aber er setzte sich dann doch auf seinen Stuhl. Antje Weberns blaue Kinderaugen waren voll ehrfürchtiger Bewunderung.

»Gebt ihm was zu trinken«, sagte Ingwer Bendiks-Duven.

Hanny Runne holte die Kognak-Flasche. Der Holländer bedachte seine Chefin mit einem freundlichen Blick und lehnte ab. Kommissar Friederking fand, Herr de Fries war ein Gentleman.

»Ich lief über die Heide. Die Klinik ist ja gleich hinter dem Nordwäldchen«, fuhr Herr de Fries fort. »Sie haben mich verarztet und gaben mir eine Spritze zur Beruhigung. Ich hatte mich doch mehr aufgeregt, als ich dachte. Ich hoffe, man hat Sie angerufen, Fräulein Runne. Es war mir sehr unangenehm, dass ich mich nicht um das Haus kümmern konnte.«

Er strich sich mit der linken Hand über die hellen Haare. Die Sache nahm ihn immer noch mit. Kommissar Friederking war mit Hanny Runne der Meinung, er hätte lieber zu Hause bleiben sollen.

»Der kleine Finger ist ab«, platzte Uwe Jensen heraus.

Herr de Fries verzog schmerzlich das Gesicht. Es war ihm nicht recht, dass Uwe Jensen das erzählte. Er hätte das sichtlich gern verschwiegen.

Kommissar Friederking hatte auch dafür Verständnis. Vermutlich fühlte sich der Architekt jetzt verkrüppelt, wenn ihm ein Finger fehlte. Es gab da ja die merkwürdigsten Komplexe bei den Leuten.

»Warum haben Sie den Finger nicht mitgenommen?«, fragte Antje Webern kindlich. »Die hätten den Ihnen doch wieder annähen können, das gibt es!«

Herr de Fries litt, man merkte es. »Ich habe nicht daran gedacht.«

»Den hat längst einer gefressen!« Uwe Jensen lachte roh. Er schien den Unfall des Holländers mit Schadenfreude zu genießen.

Nun ja, dachte Kommissar Friederking mit seiner in langen Jahren erworbenen Menschenkenntnis, Leute wie dieser de Fries sind bei kleinen Angestellten selten beliebt.

Der Holländer warf Uwe Jensen einen unfreundlichen Blick zu.

»Sie wissen, dass man hier Fräulein Watten gefunden hat?«, fragte der Kommissar und nahm eine dienstliche Haltung an.

»Sie haben es mir erzählt.« Der Holländer deutete mit dem Kopf in die Runde.

»Es tut mir leid, dass Sie sich noch nicht auf der Höhe fühlen. Aber wenn Sie nun schon einmal da sind, könnten Sie mir ein paar Fragen beantworten.«

Herr de Fries senkte zustimmend den Kopf. »Selbstverständlich, Kommissar!«

Hanny Runne seufzte und gab ihnen den Weg frei zu ihrem hübschen Büro. Sie setzte sich an Lisbet Jörgensens Schreibtisch, den das tote Fräulein Watten nur einen Tag lang in Anspruch genommen hatte.

»Doll!«, sagte Ingwer Bendiks-Duven, als der Kommissar mit dem Holländer in Hanny Runnes Büro verschwunden war. Er schob sich die Schiffermütze etwas verwegener übers Ohr. »Es wird doch nicht der Herr Architekt gewesen sein?«

»Sie!«, fuhr Antje Webern auf, und Hanny Runne schüttelte vorwurfsvoll den Kopf.

»Der war doch im Krankenhaus«, erklärte Uwe Jensen.

»Na ja, ich meine es ja nicht so!« Ingwer Bendiks-Duven traute keinem, den er kannte, einen Mord zu. »Haben Sie schon die Nachrichten gehört? Harry Luke ist frei!«

Sie waren interessiert. »Hat er die drei Millionen bezahlt?«

»Keine Spur! Er ist ihnen ausgerückt! Doller Kerl!« Ingwer Bendiks-Duven hatte etwas übrig für dolle Kerle, aber er war natürlich nicht an Pornographie interessiert. Sylt war die einzige Gegend Deutschlands, wo Harry Luke keine Geschäfte machte. Wenn einer nur an den Strand zu gehen braucht, um lebende Nackte in allen Variationen zu betrachten, gab er kein Geld aus für solche auf Papier. Auch Beate Uhse hatte eines Tages resigniert ihren Laden im Kurzentrum wieder aufgegeben. Auf Sylt kaufte man Liebe nicht im Laden. Ein paar schüchterne Sex-Shops im Kleinformat hatten es nach ihr versucht, aber keine Saison überlebt.

Hanny Runne überlegte, dass Harry Luke das Haus am Kliff jetzt wohl doch nicht unter einer Million verkaufen würde. Und Uwe Jensen träumte von drei Millionen; schon eine wäre für ihn ein Haufen Geld gewesen!

Ingwer Bendiks-Duven schob die Wäscherechnung hin. Er wandte sich an Antje Webern und deutete mit dem Kopf auf die sauber verpackten Wäschepakete in einem Drahtkorb, den er auf dem Empfangstisch abgestellt hatte. »Wie ist es? Bringen wir die runter?«

Sie stand hastig auf. »Ja, natürlich, ich bin ganz durcheinander.« Sie nahm aus dem Schlüsseldepot die Schlüssel zum Wäschekeller.

»Macht nichts«, sagte Ingwer großmütig, schnalzte mit den Fingern und schulterte mit schwungvoller Leichtigkeit den schweren Korb mit der Wäsche.

Antje Webern sagte bewundernd: »Sie sind aber sportlich!«

»Ooch«, wehrte Ingwer bescheiden ab. »Wenn man das so fünfzigmal am Tag macht, braucht man keinen Sport!«

Sie ging auf ihren dünnen Fohlenbeinen vor ihm her und schloss den Zugang zum Privatkeller von Södersens Apartment-Vermietung auf.

Das Mädel gefiel ihm. »Gehen Sie mal mit mir tanzen?«, fragte er. »Ins *Downstairs*?«

Sie rümpfte das Naschen. »Lauter Alte!«, sagte sie geringschätzig. Die Gäste im *Downstairs* waren um die Dreißig.

»Vielleicht ins *Village* in Kämpen?« Er sagte *Filaasch*. Die in Kämpen hatten gerade eine französische Welle und sprachen das so aus. »Der Berthold Beitz und Gunter Sachs sind auch da!« Er reichte ihr die Wäsche, die sie ins Regalfach schob, abzählte und auf einer Liste abhakte.

»Wer ist das?« frage sie gleichgültig und sagte danach freundlich: Nein, sie ginge mit ihm auch nicht ins »Village«.

In Hanny Runnes Büro verhörte unterdessen Kommissar Friederking den Architekten de Fries.

»Der Hausmeister sagt, er hat gestern um zweiundzwanzig Uhr Ihren Wagen vor Fräulein Runnes Büro stehen sehen. Haben Sie irgendeine Erklärung dafür?«

Herr de Fries schaute den Kommissar erstaunt an. »Mein Auto? Hier, um zweiundzwanzig Uhr? Unmöglich, Kommissar! Wie sollte es da hingekommen sein? Der Mann hat sich geirrt!«

»Sie sagen, Sie schauten nach dem Ölstand Ihres Wagens. Die Kühlerhaube schlug zu und verletzte Ihre Hand. Was taten Sie dann? Haben Sie den Wagen abgeschlossen?«

»Nein, natürlich nicht! Ich ließ alles liegen und stehen und lief los. Ich habe mich nicht um den Wagen gekümmert. Herr Jensen kam bei mir vorbei. Ich bat ihn, den Wagen auf einen Eckplatz zu fahren.« Er lächelte betrübt. »Ich werde wohl eine Weile nicht fahren können. Herr Jensen hat den Wagen abgeschlossen und mir den Schlüssel gegeben.« Er schwieg eine Weile und dachte nach. »Es ist natürlich möglich, aber doch recht unwahrscheinlich, dass jemand mit diesem Wagen unterwegs war.« Er schüttelte den Kopf. »Herr Hansen muss sich geirrt haben.«

Der Kommissar beließ es dabei. »Welchen Eindruck hatten Sie von Fräulein Watten?«

»Wenn ich aufrichtig sein soll, Kommissar, überhaupt keinen. Sie war eine Strandjule, eines von diesen Mädchen, die hier jeden Sommer aus dem Nest fallen und sich die Heimreise verdienen müssen. Ich kann mir nicht vorstellen, warum sie jemand ermorden wollte.«

»Fräulein Webern sagte, sie war besonders neugierig und schnüffelte hier herum. Fiel Ihnen das auch auf?«

Herr de Fries hob den Kopf und lächelte mit männlicher Nachsicht. »Frauen sind immer ein bisschen neugierig, nicht wahr? Sie fiel Fräulein Webern auf die Nerven, ich merkte das. Aber es schien mir ganz natürlich zu sein, dass sie neugierig war. Ich glaube nicht, dass Fräulein Webern sie deshalb erschlagen hat.«

»Fräulein Watten war eine Detektivin. Ich vermute, sie suchte nach Harry Luke. Können Sie sich vorstellen, warum sie ausgerechnet in Södersens Apartment-Vermietung nach ihm suchte?«

Herr de Fries grinste ein bisschen schief. »Nun, Kommissar, Sie sind doch auch deshalb hier!«

Friederking nickte und zupfte sich am Ohrläppchen. Sicher, wenn man es so betrachtete, war es die natürlichste Sache der Welt, dass dieses Fräulein Watten mit ihrer Suche nach Harry Luke bei Södersens begann. Aber warum wurde sie hier erschlagen?

Danach fragte er den Holländer allerdings nicht; diese Frage hätte er ihm doch nicht beantworten können.

Herr de Fries wischte sich den Schweiß von der Stirn. »Entschuldigen Sie, Kommissar, ich fühle mich schlapper, als ich zugeben möchte. Wenn Sie mit mir fertig sind, würden Sie mir den Gefallen tun und mir ein Taxi rufen?« Er deutete auf seine verbundene Hand. »Ich kann nicht telefonieren. Und ich möchte nicht zu den andern hinausgehen. Die Neugierde macht mir zu schaffen. Ich bin das nicht gewöhnt. Ich möchte nach Hause fahren.«

Friederking griff zum Telefon und rief den Taxidienst an. Er öffnete dem armen Kerl selbst die Tür von Hanny Runnes Büro zur Straße und stützte ihn diskret am Ellenbogen, als Herr de Fries beinahe wankend und sehr bleich hinausging und draußen das wartende Taxi bestieg, um zurück nach Wenningstedt in Jörgensens Haus an der Fernsicht zu fahren.

»Und jetzt der Weiberheld!«, sagte Kommissar Friederking laut, als er die Tür zur Straße hinter dem davonfahrenden Herrn de Fries wieder schloss.

Uwe Jensen setzte sich lächelnd und bereitwillig auf Hanny Runnes Besucherstuhl. Er ahnte nicht, was ihm bevorstand.

Der Kommissar musterte den hübschen Burschen und war sich bewusst, dass er diese Sorte Männer nie hatte ausstehen können. Er nahm sich zusammen: Schließlich war er im Dienst. Privat brauchte er mit dem Menschen ja nicht zusammenzukommen, Gott sei Dank!

»Sie hatten gestern Abend Spätdienst«, begann er. »Wann sind Sie fortgegangen?«

»Kurz nach neun«, antwortete Uwe Jensen liebenswürdig. »Gleich nach Fräulein Runne.«

»Hat Sie jemand fortgehen sehen?«

Uwe zögerte. Maren Friederking hatte bei den Briefkästen gestanden. Aber von Maren sagte er besser nichts. »Nein«, sagte er schließlich. »Ich glaube nicht.«

»Was haben Sie dann gemacht?«

Uwe fiel aus allen Wolken. Dass man ihn danach fragen würde, hätte er nicht gedacht. »Ich bin heimgefahren«, antwortete er nach kurzem Zögern. »Mit dem Rad.«

»Wann sind Sie heimgekommen?« Der Kommissar trommelte mit den Fingern auf der Tischplatte.

»Um Viertel vor zehn«, sagte Uwe Jensen und leckte sich mit der Zunge über die Lippen. Er fuhr die Strecke jeden Tag zweimal und wusste, wann er hätte daheim sein müssen.

Aber Uwe Jensen war kein geschickter Lügner. Friederking hatte das Gefühl, dass bei dem Burschen etwas nicht stimmte. »Kann das jemand bezeugen? Sie wohnen bei Pidderlüngs. Sah Sie einer von ihnen heimkommen?«

»Ich weiß nicht«, sagte Uwe und fuhr sich schon wieder mit der Zunge über die Lippen.

Jetzt war Kommissar Friederking überzeugt, dass Uwe Jensen log. »Nun, wir können das gleich feststellen«, sagte er und machte nicht viel Federlesen. Er nahm das Telefonbuch von Hanny Runnes Schreibtisch zur Hand, schlug die Telefonnummer der Pidderlüngs in Hörnum nach und rief an. »Wann ist Herr Jensen gestern Abend nach Haus gekommen?«, fragte er, als Inken Pidderlüng sich meldete.

»Ich kann das nicht sagen«, antwortete die Frau zögernd. »Er war gar nicht da.«

»Heißt das, er ist überhaupt nicht nach Haus gekommen?«

»Ja, er war gar nicht da«, wiederholte Inken Pidderlüng, und Friederking legte verblüfft den Hörer auf.

Er betrachtete den unsympathischen Burschen vor sich. »Sie waren nicht in Hörnum! Wo waren Sie?« Natürlich steckte eine Weibergeschichte dahinter. Er würde dem Kerl schon einheizen. Und er würde jede Wette eingehen, dass die Frau verheiratet war!

Uwe Jensen begann zu schwitzen. Diese Frage hatte ihm gerade noch gefehlt! »Ich war bei einem Mädchen!«

»Wer ist das Mädchen?«

Du würdest dich wundern, dachte Uwe Jensen und biss sich auf die Lippen. Der Mensch würde ihn in der Luft zerreißen, wenn er ihm das sagte! Uwe Jensen schwieg.

Kommissar Friederking konnte Uwe Jensen jetzt weder privat noch dienstlich ausstehen. »Hier wurde in der vergangenen Nacht eine junge Frau ermordet. Der letzte, der hier war, waren Sie. Und niemand sah Sie fortgehen. Sie wollen oder können mir nicht sagen, wo Sie heute Nacht gewesen sind. Ich verhafte Sie auf der Stelle, wenn Sie mir nicht sagen, wo Sie sich in der vergangenen Nacht aufgehalten haben!«

»Sie werden doch nicht glauben, ich hätte das Mädchen umgebracht?« Uwe Jensen verlor die Fassung. Das hatte er nicht erwartet!

»Wo sind Sie heute Nacht gewesen?«

Uwe leckte sich die Lippen. Er hob den Kopf. Schließlich war es kein Verbrechen, was er getan hatte. »Bei Ihnen!«, sagte er trotzig. »Bei Maren!«

Friederking lehnte sich in seinem Stuhl zurück und sagte eine ganze Weile gar nichts. Der Schlag saß. Er war sicher, dass der Kerl die Wahrheit sprach. Maren, seine Schwester, und dieser Lump! Menschen sind wie der Zylinder des Zauberers im Zirkus, dachte Friederking; es konnte einfach alles aus ihnen hervorkommen!

Er stand auf und packte seine Sachen zusammen. »Es ist gut«, sagte er, »Sie können gehen!« Wenn er noch fünf Minuten länger mit diesem Burschen zusammen sein musste, gab es hier einen weiteren Mord!

Er verließ grußlos Hanny Runnes Büro durch die Tür zur Straße. Es gab noch jemanden, mit dem er sich unterhalten musste: den Besitzer dieser Apartment-Vermietung, Herrn Södersen. Aber heute hatte er von diesem Laden genug. Er war schließlich auch nur ein Mensch!

Kommissar Friederking kehrte in sein Büro zurück. Wachtmeister Pedersen gab ihm ein Fernschreiben der Hamburger Behörde. Frau Luke bestätigte, dass sie die Detektei Watten in Eppendorf beauftragt hatte, nach ihrem Mann zu suchen. Peter Watten und seine Frau Elke betrieben die Detektei gemeinsam. Der Aufenthalt Peter Wattens war zurzeit nicht bekannt.

»Herr Watten ist in Ihrem Büro, Kommissar«, sagte Wachtmeister Pedersen mit unbewegtem Gesicht. »Ich glaube, er weiß, dass sie tot ist.«

Friederking ging in sein Zimmer. Ein junger Mann stand am Fenster. »Ich bin Peter Watten«, sagte er.

Er trug die knappsitzenden Hosen und den kurzen Haarschnitt der Schwulen. Ja, dachte der Kommissar, hinter dieser Aufmachung vermutet keiner einen Detektiv.

Er gab dem jungen Mann die Hand. »Sie wissen es schon?«, fragte er.

»Ja, Harry Luke ist frei, und meine Frau ist tot.« Sein Gesicht blieb undurchdringlich. Er hatte sich gut in der Gewalt.

Friederking sagte, wie sehr er den Tod der jungen Frau bedaure.

Herr Watten sagte »Danke« und fragte dann, ob er sich mit dem Kommissar über die Sache unterhalten könne.

»Natürlich, nehmen Sie Platz«, sagte Friederking.

Peter Watten wusste nicht viel mehr als der Kommissar. Elke hatte ihm eine Liste von Wohnungen und Häusern, gegeben, die durch Södersens Apartment-Vermietung verwaltet oder vermietet wurden. Er hatte den ganzen Osten der Insel abgeklappert und jedes leerstehende Haus und jede leerstehende Wohnung von Morsum bis Keitum untersucht. Und jetzt stellte sich heraus, dass sie Harry Luke in einem Haus in Braderup gefangen gehalten hatten, das ihm selbst gehörte und von dem weder Elke noch Peter Watten etwas gewusst hatten.

»Tja«, sagte Friederking, »das, was sie da sagen, ist sogar mir neu!«

Weder Peter noch Elke Watten hatten den geringsten Verdacht gegen irgendeinen Menschen gehabt. Gestern Abend hatten sie sich nicht getroffen. Er wusste nicht, was sie veranlasst hatte, noch am späten Abend Södersens Apartment-Vermietung aufzusuchen. Es gab nur eine Erklärung: Elke war den Entführern auf die Spur gekommen, und diese Spur führte in die Apartment-Vermietung im Kurzentrum von Westerland.

»Tja«, sagte Friederking noch einmal, »die vermieten das Haus in Braderup. Das habe ich auch erst heute erfahren.«

Sie sahen sich wortlos an. Kommissar Friederking hatte sich mit der ganzen Belegschaft unterhalten. Es konnte keiner von ihnen gewesen sein. Morgen würde er sich Södersen vornehmen. Aber er war davon überzeugt, dass er dem das auch nicht zutrauen würde. Wer bringt schon einen anderen um und lässt die Leiche dann in seinem eigenen Laden liegen?

»Wir müssen abwarten, was Harry Luke zu berichten hat«, sagte Friederking. »Schade, dass er so schnell nach Hamburg zurückgeflogen ist. Aber es ist schließlich verständlich.«

»Ich habe mit Frau Luke telefoniert. Er war noch nicht da, war noch bei der Polizei. Sie sagt, er kommt morgen Nachmittag auf die Insel. Niemand soll es wissen. Ich schlage vor, dass wir ihn beide in Morsum aufsuchen, falls Sie es einrichten können.«

Der Kommissar nickte. Er hätte sich lieber hier in seinem Büro mit Harry Luke unterhalten. Aber er sah ein, dass es besser war, wenn er mit dem jungen Mann nach Morsum fuhr. Schließlich hatte er dienstlich schon ganz andere Lokalitäten aufsuchen müssen als das Haus eines Pornofabrikanten.

»Es ist da noch etwas, was Sie nicht wissen«, sagte Peter Watten, und Kommissar Friederking spürte einen leichten Ärger in sich aufsteigen. Privatdetektive sind bei der Polizei hierzulande nicht sehr gut angesehen, jedenfalls nicht, wenn sie der Polizei ins Gehege kommen.

»Die Erpresser verlangten drei Millionen in Hundertmarkscheinen, das wissen Sie. Sie verlangten die drei Millionen in einem Koffer, der in einem unverschlossenen Schließfach im Bahnhof hier in Westerland abgestellt werden sollte.«

»So«, sagte Friederking, »und die Polizei hätte nichts davon erfahren!« Jetzt ärgerte er sich wirklich.

Peter Watten zuckte mit den Schultern und lächelte schief. »Ich wäre da gewesen! Aber die Leute von der Bank sagten, drei Millionen in Hundertmarkscheinen gehen im Leben nicht in einen Koffer, den man in einem Schließfach unterbringen kann!«

Und das hatte Kommissar Friederking auch nicht gewusst!

Peter Watten stand auf. »Sobald ich von der Haushälterin erfahre, dass Harry Luke da ist, komme ich her und hole Sie ab«, sagte er und verabschiedete sich.

Dr. Johannes Schäfer aus Ludwigshafen marschierte am Watt entlang. Er verzichtete auf den Nachmittag in Abessinien, auf seinen Kaffee in der *Oase*, auf die Bequemlichkeit seines Strandkorbs und erst recht auf den Anblick einer niedlichen kleinen Person mit Sommersprossen, Bernsteinaugen und Hexenhaaren. Er musste sich einmal auslaufen, brauchte Ruhe und eine Aussprache mit sich selbst.

Das Watt glänzte wie gehämmertes Silber. Lerchen sangen im Gras. Kiebitze schlugen ihre Kapriolen in der Luft. Die Sonne flammte an einem Himmel, der fast weiß vom Licht war. Der Sand brannte unter seinen Füßen. Millionen winziger Kristalle funkelten wie Splitter von Diamanten. Sylt leuchtete.

Er setzte sich auf eine Erdscholle des abbröckelnden Ufers. Das ewig unruhige Meer unterspülte gemächlich das Land, fraß sich unter den grünen Teppich der Grasnelken, bildete heimliche Grotten für Schnecken und lichtscheues Getier.

Er sah winzigen Krebsen zu, die sich seitwärts bewegten und sich nie von der Küste entfernten. Vielleicht bewegen auch wir uns gar nicht vorwärts im Leben? Vielleicht laufen auch wir wie die Krebse bloß nach der Seite und bleiben immer im gleichen, seichten Gewässer? Sicher glaubt der Krebs, es geht voran.

Am Weißen Kliff lag das dunkle Wrack der alten *Mariann*. Sie sollten den Kahn endlich einmal abschleppen, dachte Hannes Schäfer, der ein ordentlicher Mensch war und gern aufräumte. Das Ding lag nun schon seit Jahren im Watt, und kein Mensch fing etwas damit an. Wohin schleppte man eigentlich die Schiffswracks an der Küste ab? Gab es am Meer so etwas wie einen Schiffsfriedhof?

Er würde abreisen, war schon zu lange in der Sonne gewesen. Faulheit bekam ihm nicht. Er würde zurückkehren nach Ludwigshafen in sein Haus, das groß, gemütlich und einsam war. Wieso einsam? Warum fand er plötzlich, dass es einsam sei? Er hatte es immer gern gehabt, weil er es allein bewohnen konnte, weil nie einer da war, der ihm vorschrieb, wie er seine Abende und seine Nächte zu verbringen hatte.

Er hatte seinen Beruf, den er verfluchte und hasste, wenn er bis zum Kragen in den Alltagskrankheiten von tausend Leuten steckte - denn zu ihm kamen ja nur die Kranken, die noch laufen konnten. Wenn sie es nicht mehr konnten, blieben sie zu Hause oder kamen ins Krankenhaus -, und den er liebte, wenn er rechtzeitig eingreifen konnte, helfen, Vorbeugen, wenn er Bedrohungen entgegentreten konnte.

Er brauchte nicht die Gesellschaft einer Frau, er hatte acht Stunden am Tag Gesellschaft genug, manchmal mehr, als ihm lieb war. Ein paar Freunde, gelegentliche Freundinnen, Ferienabenteuer auf Sylt - er war ein glücklicher Mensch!

Eigentlich war sie wirklich ein niedliches Ding. Ein bisschen verhungert, aber sie hatte eine völlig unbelegte Zunge. Das Baby war zu blass, aber es schien gesund zu sein. Kinder ganz junger Mütter sind die gesündesten.

Es könnte in seinem Garten spielen. Es gab da viel Platz. Das Haus und der Garten waren groß. Es brauchte ihn nicht einmal zu stören, wenn es schreien sollte.

Er riss sich zusammen. Was fiel ihm da ein? Er kannte die Kröte zwei Tage, nicht einmal zwei Tage, seit gestern!

Sie sagte, sie war Sprechstundenhilfe, wollte zurück nach Süddeutschland. Eigentlich ein schrecklicher Gedanke, dass das Mädchen sich und ihr Kind mit Putzen durchbringen musste. Was mochte sie wohl verdienen? Er hatte keine Ahnung, was eine Putzfrau verdiente. Sein Haus wurde von den Reinemachefrauen des Werks geputzt.

Er zwang sich, an etwas anderes zu denken. Er könnte heute Abend wieder ins Casino gehen oder zum Orgelkonzert in die Keitumer Kirche. Er liebte Orgelmusik.

Ob sie wohl Musik liebte? Er könnte sie fragen, ob sie mitgehen wollte. Aber vermutlich konnte sie das Kind nicht allein lassen. Und zu kalt wäre es da auch für das dünne Geschöpf. Sie würde sicher frieren.

Er stand auf. Es wurde ihm zu heiß am Watt. Er stapfte weiter durch den Sand über Blaumuschelfelder, Thymianwiesen, austrocknende Sumpftümpel mit Kaulquappen, die in den nächsten Tagen sterben würden, wenn es nicht regnete. Möwen schrien, ein Reiherpaar flog über ihm mit lautlosen Schwingen. Im Schilf stand ein Flamingo, ein Irrgast aus Chile.

Er ging ins *Gogärtchen* und trank dort seinen Kaffee. Um ihn herum plauderte und lachte die Schickeria Kampens und fütterte ihre Hunde mit Apfelkuchen. »Ich komme gerade aus Schweden«, sagte ein Mann in weißem Leinen an seinem Tisch zu einem anderen in seidenem Cordsamt. »Ich mache hier nur ein paar Tage Zwischenstation, muss weiter in die Camargue. Ich will mir dort einen Weinberg ansehen.«

Hannes Schäfer war vor vielen Jahren auch einmal in der Camargue gewesen. Von Weinbergen gab es damals keine Spur, nur Salzwüsten und wilde Pferde. Er hätte gern gewusst, was die da jetzt für einen Wein bauen. Nun, schließlich wächst in der Pfalz heute Wein auf jedem ehemaligen Kartoffelacker, und das Zeug lässt sich sogar trinken. Hannes Schäfer behandelte als Werksarzt oft einen Chemiker gegen Kopfweh, und der beschenkte ihn gelegentlich mit einem recht trinkbaren Wein, der überhaupt keine Traube gesehen hatte.

Auf dem Reetdach zwitscherte eine Amsel. Zwischen den Tischen rauften sich die Spatzen um die Kuchenkrümel. Sie schilpten in den Rosenhecken am Weg und in den Weidenbüschen im Garten. Die Spatzen haben Sylt erobert. Noch vor einigen Jahren gab es hier keinen einzigen. Sie mussten heimlich über den Hindenburgdamm gelaufen oder als Trittbrettfahrer mit der Eisenbahn gekommen sein.

Die Spatzen und Touristen sorgten dafür, dass es auf Sylt heute genauso zuging wie in jedem Badeort des Festlands auch. Nur die Amseln sangen noch anders. Und Tauben gab es nicht. Aber die würden den Weg schon noch finden, diese Stadtgeier!

Hannes Schäfer zahlte und stand auf. Er wanderte wieder über die Heide, den Strand. Ein paar Bleichgesichter fragten ihn, wo es zur Bühne sechzehn ginge. »Da lang«, erklärte er und wies lässig nach Norden. Ihm war Abessinien lieber.

Er nahm Abschied von Sylt, vom Sommer. Eigentlich freute er sich auf Ludwigshafen. Er würde Sonntag früh abreisen.

Ingwer Bendiks-Duven fuhr seinen Lieferwagen auf den Parkplatz hinter der Wäscherei in der Norderstraße und stellte ihn neben dem schon dort geparkten Lieferwagen ab. Ein Radfahrer kam durchs Tor. »Hallo, Ingwer«, sagte er, hielt sein Rad an und stellte den Fuß auf den Boden.

»Hallo, Harald!«, sagte Ingwer Bendiks-Duven. Er nickte dem Besucher zu und schloss die Wagentür ab. »Komm rein, kannst mit uns essen. Mutter wird sich freuen.«

»Geht nicht. Hab' noch was vor. Ich wollt' bloß fragen, ob du am Sonntag zum Schießen kommst. Vater sagt, du kannst Martin mitbringen.« Martin war Ingwers kleiner Bruder und ein Wunder beim Scheibenschießen. Haralds Vater war der Schützenkönig der Insel.

»Mach' ich. Willst du nicht wenigstens Mutter guten Tag sagen?«

»Schönen Gruß. Ich hab's eilig. Ich geh' ins *Riverboat*, bin verabredet mit 'nem netten Mädchen. Kennst du wahrscheinlich. Sie schafft bei Södersen in der Apartment-Vermietung. Antje Webern, wirklich nettes Mädchen, sag' ich dir. Komm doch auch hin!«

Ingwer schaute den Freund nachdenklich an. Haralds Vater hatte den größten Reitstall auf der Insel und die fettesten Kühe in der Marsch. Aber gegen das insulare Patriziertum der Bendiks-Duven war er bloß reich. »Ein andermal, Harald«, sagte Ingwer freundlich. »Weißt du, ich geh eigentlich lieber ins *Downstairs*. Aber heut' habe ich sowieso keine Zeit. Ich muss noch die Abrechnung machen und die Fahrer für morgen einteilen. Nett, dass du vorbeigekommen bist. Und viel Spaß heute Abend!«

»Na denn, wir sehen uns am Sonntag!« Harald nahm den Fuß vom Boden, wendete sein Rad und fuhr vom Parkplatz auf die Straße.

Ingwer schaute ihm nach und pfiff leise durch die Zähne. Er würde mal sehen, ob er das blonde Kind nicht doch noch dazu brachte, mit ihm ins *Downstairs* zu gehen!

Uwe Jensen schloss die Tür zu Södersens Apartment-Vermietung ab. An den Briefkästen wartete Maren. Sie trug wieder ihr helles Kleid und die Perlen. Anderen Schmuck hatte sie anscheinend nicht.

Uwe Jensen seufzte. Er war weiß Gott nicht dazu aufgelegt, jetzt mit dem alten Mädchen herumzuziehen. Alles hatte seine Grenzen. Sie hatten in der vergangenen Nacht ihren Spaß miteinander gehabt. Dafür hatte ihn ihr Bruder heute schwitzen lassen. Und so ganz war die Sache auch noch nicht ausgestanden. »Guten Abend, Maren«, sagte er und gab ihr die Hand.

Sie fiel ihm um den Hals und küsste ihn. Die Passage war leer. Das Volk saß vor dem Fernsehschirm.

Er wehrte sie ab. »Dein Bruder hat mich heute ganz schön in die Zange genommen. Ich musste ihm sagen, wo ich heute Nacht war. Es tut mir leid, Maren!«

Sie winkte lächelnd ab. »Ich weiß.« Es machte ihr nichts aus. »Er hat sich aufgespielt, als wäre er mein Vater. Er sagt, du hättest ein Verhältnis mit Inken Pidderlüng!«

Uwe Jensen schwieg. So, das wusste der Mensch also auch. Nichts als Spitzel bei der Polizei! Und er musste das auch noch seiner Schwester verraten! Maren würde es auf der ganzen Insel herumerzählen... Er schloss den Fahrradkeller auf.

Sie blieb neben ihm. »Gehen wir noch über die Promenade?«

»Ich bin müde, muss nach Hause!«

»Zu Inken, natürlich! Sie wartet schon, was? Und du hast ein schlechtes Gewissen, weil du heut Nacht nicht daheim warst?« Ihre Stimme wurde schriller. Er hätte sich gern die Ohren zugehalten. »Du kannst da nicht bleiben.«

»So? Und wo soll ich wohnen? Vielleicht bei dir?« Er schob sein Rad auf die Straße. Es war schon dunkel. Die Straße war leer. Heute gab es Fußball, Deutschland gegen Schweden. Uwe Jensen hätte das Spiel auch gern gesehen.

»Natürlich bei mir«, sagte sie fröhlich. »Wir werden heiraten!«

Ihm fiel fast das Rad aus der Hand. Er verschluckte sich. Was fiel der Frau ein? Sie konnte beinahe seine Mutter sein! Und reich war sie auch nicht. Nicht einmal der Bruder hatte ein Auto. Heiraten! »Es geht nicht«, sagte er, »schlag dir das aus dem Kopf. Gute Nacht, Maren!« Er stieg auf sein Rad.

»Uwe«, schrie sie, »ich hab' meinem Bruder gesagt, dass wir heiraten!«

Er trat in die Pedale und fuhr los. Und wenn sie ihrem Bruder zehnmal erzählt hatte, sie würden heiraten! Er dachte nicht daran, und sie konnte ihn nicht heiraten, wenn er nicht ja sagte!

Er war um halb zehn in Hörnum. In seinem Zimmer war der Tisch gedeckt. Inken brachte ihm das Abendessen. Ihr Mann saß im Wohnzimmer vor dem Fernsehschirm und sah Fußball. Uwe hätte sich gern zu ihm gesetzt.

Stattdessen setzte sich Inken zu ihm an den Tisch und bediente ihn. Es gab Krabben mit Rührei, sein Lieblingsgericht. Sie goss ihm das Bier ein. »Der Kommissar Friederking hat heute angerufen«, sagte sie. »Er hat gefragt, ob du heute Nacht hier warst.«

»Ich weiß.« Uwe Jensen trank sein Bier.

»Wo bist du gewesen?«

»Im *Downstairs*. Ich wollte mal wieder tanzen.«

Inken schwieg. Sie konnte nicht mit ihm tanzen gehen. Dabei wäre sie auch gern wieder einmal tanzen gegangen. Von Pidderlüng konnte man das nicht erwarten. »Warum wollte er denn wissen, wo du gewesen bist?«

»Sie haben ein totes Mädchen gefunden, in unserem Laden! Er hat jeden verhört, wo er in der Nacht gewesen ist. Ich war's jedenfalls nicht!«

»Heute Nachmittag hat seine Schwester angerufen. Sie sagte, du bist heute Nacht bei ihr gewesen. Und sie hat gesagt, du willst sie heiraten. Bist du mit ihr tanzen gewesen?«

Sie weinte nicht. Ihre Stimme klang tonlos. Ihre Hände spielten mit der Tischdecke.

»Uwe«, begann sie langsam. »Ich geh' fort von Pidderlüng. Geh mit mir fort, Uwe. Du liebst mich doch! Du hast immer gesagt, dass du mich liebst. Ich habe ein bisschen was gespart. Es ist nicht viel, aber für die erste Zeit reicht es; bis du Arbeit gefunden hast, ist es genug. Als Automechaniker kriegst du überall Arbeit!«

Sie hielt den Kopf gesenkt, wartete auf seine Antwort.

Er betrachtete seine gepflegten Hände. Ja, er war stolz auf seine sauberen Fingernägel. Und er verabscheute jede Arbeit, die ihm die Finger dreckig machte. Mit Inken davonlaufen? Da würde er ja noch besser Maren Friederking heiraten! Die hatte wenigstens ein Haus, in dem er wohnen konnte.

Er klopfte Inken freundlich auf den Arm. »Ich weiß nicht, Inken, ob das recht ist«, sagte er und stand auf, reckte die Arme und gähnte. »Ich bin verflucht müde heut. Schlaf lieber erst mal drüber, Inken. Vielen Dank für das Essen!«

Sie räumte wortlos die Teller zusammen, ging aus der Stube und sagte ihm nicht gute Nacht.

Ich muss weg hier, dachte Uwe. Erst Maren, jetzt Inken. Er musste fort, und zwar so schnell wie möglich. Schade, die Arbeit bei Hanny Runne hatte ihm Spaß gemacht. Er zuckte mit den Achseln, dann betrachtete er im Spiegel sein hübsches Gesicht, das glänzende Haar. Es gab da in Apartment vierhundertzwanzig eine Ärztin aus Nürnberg, die fuhr einen weißen Porsche. Sie sah noch gut aus, da musste doch etwas zu machen sein!

Uwe Jensen legte sich schlafen und träumte von einem Porsche.

Hanny Runne saß mit Inken Strandvogt in der gemütlichen Küche. Im Fernsehen gab es Fußball. Inken Strandvogts Sommergäste hatten wieder einmal jeden Sitzplatz in ihrem Wohnzimmer beschlagnahmt.

»Fernsehen ist eine Plage«, sagte Inken Strandvogt und lachte. »Wenn sie Fußball übertragen, erst recht. Morgen kann ich wieder drei Tage lang lüften, ehe meine gute Stube nicht mehr nach ihren ollen Pfeifen stinkt!«

Hanny Runne trank »friesischen Landwein«, wie sie im Norden den Klaren nennen. Inken Strandvogt liebte schweren Port. Es hatte sich bei ihren Gästen herumgesprochen. Da Inken Strandvogt im Juli Geburtstag hatte, standen in ihrem Küchenschrank allerhand dunkelbraune Flaschen herum, deren Inhalt Inken tagsüber als Medizin und nach Feierabend zum Vergnügen trank.

»Curry hat den ganzen Tag nichts gefressen«, sagte sie. »Er ist ganz verstört.« Sie band die Schürze ab und setzte sich zu der Freundin an den Tisch. »Ich hätte nicht gedacht, dass der so in das Fräulein vernarrt war. Er muss dabei gewesen sein, wie es passiert ist. Schade, dass er nicht reden kann!«

Hanny Runne berichtete ausführlich von dem Schock am Morgen, als sie zusammen mit dem Kommissar in ihr Büro gekommen war und das tote Fräulein Watten auf ihrem Fußboden lag. »Wenn ich mir nur vorstellen könnte, was sie da in der Nacht zu suchen hatte!« Sie wusste noch nicht, dass Fräulein Watten eine Detektivin gewesen war. Kommissar Friederking hatte sich darüber ausgeschwiegen. »Das Geld ist immer im Safe. Und mitten in der Woche ist da sowieso nicht viel drin!«

Inken Strandvogt trank ihren Portwein und horchte mit einem Ohr zum Wohnzimmer hinüber, wo lautes Triumphgeschrei verkündete, dass die Favoriten ein Tor geschossen hatten. »Man kann ja in keinen Menschen reinsehen«, sagte sie dann. »Und abgebrannt war sie ja nun auch. Geld hat sie bestimmt ganz schön nötig gehabt. Aber sie hätte doch von dir einen Vorschuss haben können!«

»Den habe ich ihr sogar angeboten«, erklärte Hanny Runne. »Sie wollte keinen. War schon stolz, das Mädchen!« Bisher war ein Vorschuss immer das erste, was die Strandjulen brauchten. »Der Kommissar hat recht, sie muss sich mit einem von uns getroffen haben. Wie wäre sie denn sonst reingekommen? Sie hat keinen Schlüssel gehabt. Und es muss ja auch einer abgeschlossen haben, hinterher, meine ich!« Hanny Runne schauderte und trank von ihrem Klaren.

Inken Strandvogt erzählte vom Besuch des Kommissars. Sie hatte danach das Kämmerchen aufgeräumt, das Bett frisch bezogen, Fräulein Wattens Habseligkeiten in den Koffer gepackt und diesen in den Keller gestellt. »Es wird ja wohl mal einer kommen und ihn abholen«, sagte sie. »Sie hat in ihrem Koffer bloß Kleidung gehabt, keine Briefe, keine Papiere, nichts. Aber vielleicht hat die der Kommissar mitgenommen. Er hat nichts gesagt. Meinst du, dass er einen von deinen Leuten verdächtigt?«

Hanny Runne nickte. »Den Uwe Jensen, ja, auf den hat er es abgesehen, glaube ich.«

Inken Standvogt lachte. »Das wird dem Strolch aber ganz schön an die Nieren gehen! Weißt du, dass der ein Verhältnis mit seiner Wirtin in Hörnum hat?«

Hanny Runne zuckte die Achseln. »Verstehst du, was eine an so einem findet? Ich möchte nicht wissen, mit wieviel Weibern der schon geschlafen hat!«

»Vielleicht hat er auch mit dem Fräulein ein Verhältnis gehabt? Vielleicht ist sie ihm nachgelaufen?«

»Ach, du lieber Gott«, sagte Hanny Runne und lachte. »Dann traue ich ihr schon eher ein Verhältnis mit meinem ollen Södersen zu!«

Inken Strandvogt nickte. Wenn Hanny Runne dem Fräulein Watten kein Verhältnis mit Uwe Jensen zutraute, dann hatte diese auch kein Verhältnis mit Uwe Jensen gehabt. »Das ist alles recht komisch, wenn es auch schrecklich ist«, sagte sie nachdenklich.

»Es ist noch etwas viel Komischeres passiert«, sagte Hanny Runne. »Unser Architekt, der Herr de Fries, hat sich den kleinen Finger abgeschlagen!«

Inken Strandvogt kannte jeden aus Hannys Büro. Natürlich wusste sie auch von Herrn de Fries und seiner wirtschaftlichen Depression. »Wie ist denn so was möglich? Gibt's denn das?«

Hanny Runne nickte. »Die Kühlerhaube ist ihm draufgefallen, wie er an seinem Auto den Ölstand messen wollte. Er muss sich selten dämlich dabei angestellt haben. Jedenfalls ist der Finger weg, und der Uwe behauptet, der sei längst von irgendeinem Tier gefressen worden. Er läuft mit einem Mordsverband herum; es ist ausgerechnet die rechte Hand.« Ihre Finger spielten ärgerlich mit dem Glas. Sie kaute auf der Unterlippe. Hanny Runne hatte ihre Sorgen. »Lisbet ist mit ihrem Mann in Hamburg, Fräulein Watten ist tot. Jetzt fällt der Herr de Fries aus. Wenn der Kommissar mir den Uwe verhaftet, weiß ich nicht, wie ich es schaffen soll. Antje Webern kann ich nicht alles zumuten, und der Emmo ist ein Kamel!«

»Häng ein Schild ins Fenster: Aushilfe gesucht!« schlug die praktische Inken Strandvogt vor. »Da wird schon wer kommen!«

»Wenn die morgen die Zeitung lesen, werden sie sich darum reißen!«, sagte Hanny Runne sarkastisch. »Wenn hier auf Sylt einer ermordet wird, bringt das noch die Deutsche Zeitung in New York! Ich habe nichts dagegen, dass wir verrufen sind; wir leben ganz gut dabei. Aber Mord ist schlecht fürs Geschäft!«

So ist das, wenn einer erschlagen wird. Die Polizei belästigt die anständigen Leute, die Zeitungen erheben ein Riesengeschrei, und dann ist es auch noch schlecht fürs Geschäft...

Hanny Runne war wirklich kein hartgesottenes Geschöpf. Ein Dutzend Strandjulen und noch einige andere Abgerutschte konnten das bezeugen. Sie unterstützte das Rote Kreuz und die Bahnhofsmission. Sie spendete bei Erdbeben und Hungersnöten. Sie hatte nicht einmal etwas gegen die Entwicklungshilfe. Aber sie hatte Pläne für ihr späteres Alter. Sie hatte nicht die Absicht, irgendjemand zu bestehlen oder zu erpressen oder auf irgendeine unlautere Weise zu Reichtum zu kommen. Sie wollte auf ganz ehrliche Weise ihr Geld verdienen, wollte arbeiten und dabei großzügig sein und im Rahmen des Erlaubten ihr Schäflein einbringen. Sie war entschieden dagegen, dass man auf Sylt Leute umbrachte und die Leichen in ihrem Büro herumliegen ließ. Das schadete dem Geschäft!

Später stieg Inken Strandvogt noch einmal hinunter in den Heizungskeller und sah nach dem Hund. Seine Schnauze war trocken und heiß. Er bewegte leise den Stummelschwanz, gerade dass er sie bemerkte. Unter dem grauen Gestrüpp seiner dicken Augenbrauen sahen sie die kleinen Augen matt und stumpf vor Schmerz an. »Curry, du verrückter Hund«, sagte Inken mitleidig, »du hast sie doch nicht einmal zwei Tage gekannt!«

Sie gab ihm frisches Wasser und stellte ihm Hundekuchen hin. Er hatte sein Reisfleisch nicht angerührt. »Gute Nacht, Curry«, sagte sie. »Morgen musst du aber hier raus. Du stinkst!«

Hilla hatte ihr Baby gebadet und zu Bett gebracht. Dann hatte sie sich das Haar gewaschen und die hellblaue Socke ebenfalls. Hilla hatte, seit das Baby da war, Pläne geschmiedet. Sie war entschlossen, alles auf eine Karte zu setzen, wenn das Schicksal ihr eine Chance bot. Hannes Schäfer war diese Chance, und Hilla würde ihn heiraten. Er hatte ein gutes Auskommen, er gefiel ihr, er würde ihr und Baby ein gutes Leben bieten, und Hilla war bereit, ihm dies zu vergelten. Hannes Schäfer sollte sich nie über seine Frau zu beklagen haben!

Hilla hatte in ihrer Zeit auf Sylt von dieser Art Männer genügend erlebt. Sie wechselten die Freundinnen wie ihre Hemden. Sie vergeudeten ihre Zeit, ihre Gefühle und ihre Kraft mit Geschöpfen in duftgeschwängerten Fähnchen, und zum Schluss heirateten sie dann ein Mädchen, das hartnäckig darauf bestand.

Hilla fand, dass Hannes Schäfer sich lange genug verplempert hatte. Es war Zeit für ihn, eine Familie zu gründen. Und diese Familie waren für ihn Hilla und ihr Baby.

Hannes Schäfer war heute Nachmittag nicht zum Strand gekommen. Schade, aber nicht schlimm. Er würde wiederkommen, sein Strandkorb war noch da. Sie hatte den Strandkorbwächter gefragt. Hannes Schäfer hatte den Strandkorb noch nicht aufgegeben. Er hatte ihr nicht gesagt, dass er nicht kommen würde. Hilla war überzeugt, auch dafür kam noch die Zeit.

Sie trocknete ihr Haar, putzte die Zähne und legte sich dann schlafen. Acht Stunden Schlaf waren das mindeste, was eine Frau nötig hatte, die einen Mann dazu bringen wollte, dass er sie heiratete - einen Mann, der davon noch nichts ahnte.

Im Apartment 186 im siebten Stock des Kurzentrums hatte Dr. Johannes Schäfer eine unruhige Nacht. In seinen Träumen tauchte immer wieder das Gesicht einer Hexe mit Sommersprossen und Bernsteinaugen empor, welche ihm die bestürzende Botschaft brachte, dass er jahrelang seine Zeit, seine Gefühle und seine Kraft mit Geschöpfen vertan hatte, die das nicht wert waren, und dass es an der Zeit war, eine Familie zu gründen, ein Weib zu nehmen und dieses zu lieben und ihm treu zu bleiben für ewig und alle Zeiten.

Selbst im Traum wehrte sich Hannes Schäfer gegen diese Zumutung. Er verscheuchte die Hexe und machte drei Kreuze, und als er sich am Morgen erhob, war er entschlossener denn je, umgehend nach Hause zu fahren und um ledige Mütter mit Kindern einen Bogen zu machen, dessen Radius selbst den weitsichtigsten Menschen den Mittelpunkt nicht mehr erkennen ließ.

Samstag

Inken Strandvogt hatte ihre Gäste mit Frühstück versorgt und ging nun hinunter in den Heizungskeller, um nach ihrem Hund zu sehen.

»Curry«, rief sie schon auf der Treppe. »Wie ist es denn heute Morgen?«

Curry lag auf seiner Matte und war tot. Er lag auf der Seite, die Beine steif ausgestreckt, die Augen blicklos und trüb. Currys kleines und verrücktes Hundeherz schlug nicht mehr.

Inken stand eine Weile still vor Currys leblosem .Körper. »Ja, Curry«, sagte sie leise, »war es denn so arg?«

Sie holte aus der Küche eine Plastiktüte, packte den Hund hinein und legte ihn in einen Holzkorb. Sie würde ihn im Garten begraben, wenn ihre Gäste zum Strand gegangen waren. Dann kehrte sie auf eine Schaufel, was Curry beim Heizofen hinterlassen hatte, und stellte diese neben den Korb.

Danach ging sie langsam zurück nach oben und wusch sich die Hände. Curry war immer ein verrücktes Tier gewesen, aber er war ihr Hund, und es tat ihr leid, dass er nun tot war.

Dr. Johannes Schäfer aus Ludwigshafen erhob sich an diesem Morgen mit schweren Gliedern, aber entschlossenem Sinn. Die Hexe hatte sich in seinen Schlaf eingeschlichen und in seine Träume eingenistet. Sie tauchte durch jeden Winkel seines Bewusstseins, verzauberte seinen Verstand, verlockte seine Sinne und stellte ihm ruchlos ein Bein, wenn er vernünftig zu denken versuchte.

Aber er würde trotzdem abreisen und sich um seine täglichen Kranken kümmern: Kopfweh, Bauchweh, Halsweh, Schnupfen, Husten, Heiserkeit, und fast alles war mit Aspirin zu kurieren. Das war es, was er nötig hatte! Das war sein ganz persönliches Aspirin, und er würde es schlucken!

Er schaute aus dem Fenster über das helle Babel des Nordens, die wild durcheinandergewürfelten Häuser, die geschmacklosen Fassaden, die hässlichen Dächer und trübseligen Rückfronten, die man von der Straße aus nicht sah. Und darüber funkelte und gleißte ein strahlender Morgen. Im Osten erhob sich die Sonne und überflutete goldrot die sich hebenden Wolken. Gewaltige Akkorde klangen auf, Himmel und Erde vereinigten sich in blutender Ekstase.

Er stand am Fenster und entzündete sich mit jeder Faser seiner schönheitsdurstigen Seele an dem Schauspiel einer aufgehenden Sonne, die in solcher Pracht verkündete, dass das schöne Wetter vorbei war. Es wird regnen, dachte er. Es ist gut, dass das schöne Wetter vorbei ist. Das Heimfahren wird mir leichter fallen.

Er fuhr hinunter zu Södersens Apartment-Vermietung, forderte und bezahlte seine Rechnung und sagte, er würde morgen in aller Frühe abreisen.

Uwe Jensen versicherte, er käme gleich hinauf zur Abnahme der Wohnung und zum Ablesen des Telefonzählers.

Er packte seine Koffer, fuhr seinen Wagen zum Tanken und prüfte seinen Reifendruck. Und dann fuhr er ein letztes Mal nach Abessinien. Verabschieden konnte er sich ja schließlich von der Hexe.

Uwe Jensen begab sich inzwischen in den siebten Stock, um Dr. Schäfers Apartment abzunehmen. Anschließend trieb er sich eine Weile im vierzehnten herum und hoffte, mit der Ärztin aus Nürnberg rein zufällig zusammenzutreffen. Er traf sie tatsächlich; sie kam aus ihrer Wohnung und war in der Gesellschaft einer eleganten Boutiquenbesitzerin aus der Friedrichstraße.

Uwe fuhr ergeben zurück an seinen Arbeitstisch im Empfangsraum. Er brachte seine Bücher in Ordnung und räumte schweigend seinen Schreibtisch auf. Dann würde er sich eben allein davonmachen, und er würde dies, genau wie der Mann aus Ludwigshafen, morgen in aller Frühe tun.

Kommissar Friederking rief bei Herrn Södersen an. »Ich muss mal mit dir reden«, sagte er. »Du wirst dir ja denken können, warum. Ich möchte es nicht dienstlich machen. Hast du eine halbe Stunde Zeit?«

»Muss ich wohl«, dröhnte Södersens Stimme. »Komm rüber, Friederking! Du glaubst doch nicht, dass ich das Kind umgebracht habe?«

»Dir trau ich alles zu, Heino«, sagte Friederking gutmütig. »Sie war übrigens eine junge Frau, eine Detektivin, und mit einem Detektiv verheiratet.« Er machte sich fertig, um Herrn Södersen aufzusuchen.

Södersen und Friederking waren zusammen aufgewachsen und zur Schule gegangen. Sie duzten sich seit dieser Zeit. Aber sie waren keine Freunde. Heino Södersens Geschäfte waren nicht nach Friederkings Geschmack. Häusermakler kamen für ihn gleich nach Gebrauchtwagenverkäufern, und die betrieben das Handwerk der früheren Pferdehändler. Kommissar Friederking rümpfte ganz privat über Heino Södersen und seine Geschäfte die Nase.

Heino Södersen machte sich nicht allzu viel aus einem humorlosen Kriminalkommissar mit den moralischen Grundsätzen eines alten Preußen. Aber er machte sich auch nie die Mühe, über die Gefühle des Kommissars nachzudenken. Friederking, dachte Herr Södersen, war Beamter und brauchte nichts zu riskieren. Er saß auf Sylt und suchte gelegentlich ein bisschen nach Spitzbuben, die er nie fing. Es spielte auch keine Rolle, ob er sie fing. Befördert wurde er automatisch, solange er sich nichts zuschulden kommen ließ. Und dass Friederking sich jemals etwas zuschulden kommen lassen würde, war natürlich ausgeschlossen.

Jetzt suchte Friederking also einen Mörder. Er wird auch den nicht finden, genau so wenig wie die Entführer von Harry Luke, die erst recht nicht. Die Grenze nach Dänemark war zu nah.

Heino Södersen, der Makler, der viel riskierte und viel verdiente, rümpfte über Friederking genauso die Nase, wie Friederking die seine über Södersen. Sie hatten sich nichts vorzuwerfen.

Friederking war eine staatliche Institution, die sich schon dadurch bewährte, dass es sie gab, und Södersen entsprach, genau wie Harry Luke, einem öffentlichen Bedürfnis.

Friederking wäre über diese Definition beleidigt gewesen, und Södersen hätte über den Vergleich mit Harry Luke laut gelacht. Sie hielten also nicht viel voneinander und taten alles, dies vor dem anderen zu verbergen. Natürlich begrüßten sie sich, wenn sie einander begegneten, und fragen nach ihrer Gesundheit, aber damit hatte es sich.

Folglich begrüßte Herr Södersen den Kommissar mit herzlichem Handschlag und stellte sich und ihm ein gutgekühltes Bier hin, das Friederking nicht ablehnte. Er hatte ja ausdrücklich gesagt, dass er nicht dienstlich herkam.

»Was treibst du denn so, Hüter der Moral und der Sitten?«, fragte Heino Södersen. »Machst die Augen zu und spielst blind, was? Schließlich kannst du hier ja auch nichts anderes tun!« Södersens Stimme dröhnte wie ein Nebelhorn. Heino Södersens Brustkorb war ein vortrefflicher Resonanzboden. »Muss dir verdammt schwerfallen, ausgerechnet auf Sylt Polizei zu spielen!« Södersen lachte herzhaft und laut.

Der Kommissar verzog das Gesicht. Södersen lachte erst recht. Friederking würde sich nie ändern. Der hatte schon in der Schule eine dünne Haut gehabt.

»Sag mir lieber, was du so treibst«, entgegnete Friederking. »Was hat so ein Hausverwalter im Kurzentrum eigentlich zu tun? Der Laden läuft doch von selbst?«

Södersen wurde ernst. »Glaub das bloß nicht! Nichts als Ärger! Schau dir das Gerüst da an! Der Anstrich muss erneuert werden. Kostenpunkt: eine halbe Million! Allein das Gerüst kostet im Monat fünfzigtausend Mark Leihgebühr! Vor drei Monaten haben sie das Gerüst aufgestellt, ein paar Quadratmeter Putz abgeschlagen, Sand und Dreck und Planken auf den Bordstein und den Parkplatz geschmissen, und dann sind sie nach Hamburg verschwunden! Keine Hand rührt sich. Ich kann schreiben, telefonieren, mit Prozess drohen, weg sind sie!« Heino Södersens Blutdruck stieg sichtlich. »Die schlagen längst irgendwo anders ein Gerüst auf und Verputz ab, und dann gehen sie wieder woanders hin!«

Friederking kannte den Ärger mit diesem Gewerbe. Sie nahmen jeden Auftrag an, begannen mit der Arbeit und ließen dann alles liegen. Was half es den entrüsteten Auftraggebern? Sie konnten sich ihre Fassaden nicht selber anstreichen, sondern hatten zu warten, bis es den Herrschaften von Bau, Steine und Erden gefiel, für schweres Geld den Finger krummzumachen!

»Und dann die Balkone«, lamentierte Södersen. »Beim letzten

Schnee sind fünfzig Prozent der Balkone undicht geworden, und das Wasser ist in die Apartments darunter gelaufen. Der Ärger! Und die Versicherung zahlt nur Schäden durch Leitungswasser! Vierhunderttausend Mark Kosten! Das Geschrei von den Eigentümern! Die Aufzugsanlagen müssen umgestellt werden. Da ist der Wurm drin. Eine halbe Million! Und dann das Wasser! Das ganze Rohrleitungsnetz, die ganze Wasseraufbereitungsanlage, alles rostet! Hast du gewusst, dass wir hier das aggressivste Wasser von ganz Deutschland haben?«

»Mach keine Witze«, sagte Friederking, der den Klagen Södersens mit Erstaunen zugehört hatte. »Was ist an unserem Wasser auszusetzen? Die Leute trinken es als Medizin!«

»Zu viel Kohlensäure, sagen wenigstens die Experten«, erklärte Södersen. »Wir versuchen, mit Kalk zu impfen, bis jetzt noch nicht mit großem Erfolg. Aber die Eigentümer müssen immer mehr Instandhaltungskosten zahlen; das können die gar nicht rauswirtschaften!«

Kommissar Friederking schüttelte den Kopf. Das ging nun doch zu weit. Die Leute nahmen ja doch recht üppige Preise für ihre Apartments, oder etwa nicht?

Södersen winkte ab. »Die haben eine Rendite von zwei Prozent, höchstens. Es ist nur der Wiederverkaufswert, der ständig steigt.«

»Ich bin nicht das Finanzamt.« Friederking lächelte. »Aber ich glaube dir.«

Södersen lachte. »Stimmt! Und du bist nicht hergekommen, um dir anzuhören, was mich so plagt. Du findest Leichen in meinem Laden! Das Mädchen war also eine Detektivin? Das heißt, sie war hinter den Leuten her, die Harry Luke entführt haben, oder nicht?«

Friederking nickte. Ein gescheiter Hund war dieser Södersen schon immer gewesen. Schade, dass sie beide charakterlich so gar nicht zusammenpassten. »Kannst du dir eine Vorstellung machen, was sie nachts in eurem Büro suchte?«

»Nee«, sagte Södersen. »Ich kann natürlich ein Dutzend Möglichkeiten erfinden. Aber wenn sie eine Detektivin war, dann sind die alle Kokolores. Alles, was ich mir vorstellen kann, ist, dass die uns einer hingelegt hat!«

Kommissar Friederking hatte auch diese Möglichkeit bereits erwogen, aber wieder verworfen. Es musste noch andere Zusammenhänge geben.

»Harry Luke ist wieder frei. Man hat ihn in diesem Haus in Braderup gefangen gehalten. Das Haus gehört doch ihm, und ihr verwaltet es, nicht wahr?«

Das wusste Heino Södersen noch nicht. »Da schlag einer lang hin!«, dröhnte er. »Da hätte ihn ja wohl auch keiner gesucht! Im eigenen Haus!«

»Wer weiß denn eigentlich, dass dieses Haus Harry Luke gehört?«

Södersen dachte nach. »Wir hängen es nicht gerade an die große Glocke. Aber vermutlich weiß es der ganze Laden. So was lässt sich nicht geheim halten, wenn man das Haus an Sommergäste vermietet. Auf jeden Fall aber wissen es Hanny Runne und der Holländer.«

»Wieso der Holländer? Ich denke, der ist bei euch nur zur Aushilfe?«

»Ist er auch. Aber die Sache ist die: Harry Luke will das Haus verkaufen, für eine Million. Er hat es uns gerade erst im Frühjahr angeboten. Hanny und ich sind scharf drauf. Aber natürlich höchstens für die Hälfte. Ich habe den Holländer hingeschickt und gesagt, er soll sich das Haus mal gründlich ansehen, ob da vielleicht ein faules Ei drin sei, das man ausspielen könnte. Er hat es gefunden. Das Haus steht zu tief im Watt. Bei jeder Sturmflut steht der Keller voll Wasser. Das Haus ist nicht trockenzukriegen.« Herr Södersen lehnte sich wohlgefällig in seinen Stuhl zurück. »Und das hat uns der Harry Luke natürlich verschwiegen, dieser Gauner!«

Kommissar Friederking konnte nur den Kopf schütteln über die unsoliden Geschäftspraktiken eines Pornokönigs. Aber was sollte man auch von solchen Leuten anderes erwarten!

»Der Holländer meint, für hunderttausend könnte er es sanieren. Dann wäre es glatt die Million wert, die Harry

Luke dafür haben will. Und da versuchen Hanny und ich eben, ihm die Million auszureden. Das ist alles!«

Auf gut Deutsch, dachte Friederking, da will ein Gauner den andern übers Ohr hauen. Er war froh, dass er einen ordentlichen Beruf hatte.

»Was hat eigentlich Fräulein Runne mit diesen Geschäften zu tun? Ich denke, sie leitet nur deine Apartment-Vermietung?«

»Sie ist mein Partner, stiller Teilhaber mit fünfundzwanzig Prozent. Da staunste! Aber es blieb mir nichts anderes übrig. Vor drei Jahren wollte das Mädchen hier aussteigen und sich selbständig machen. Sie ist verdammt tüchtig, mein Lieber! Die hätte mir eine schöne Konkurrenz gemacht! So was kann ich mir nicht leisten, das verstehst du doch? Ich musste sie irgendwie anbinden. Ich hätte sie ja geheiratet, aber ich habe in Hamburg Frau und Kinder sitzen. So habe ich ihr eben die Wurst mit dem stillen Teilhaber vor die Nase gehalten. Sie hat angebissen und ist zufrieden.« Er lachte und schlug sich auf die Schenkel.

»Ich glaube, sie hat das noch nicht bereut, und weißt du was, ich auch nicht! Der Laden läuft. Das Mädchen hat Ideen. Tja, und jetzt wollen wir eben dem Harry Luke sein Haus in Braderup abkaufen für den Preis, den es wert ist - keine Mark mehr!«

Das Ganze warf ein etwas schiefes Licht auf Fräulein Runne, dachte Kommissar Friederking, aber vermutlich war sie sich nicht einmal bewusst, dass ein solches Geschäftsgebaren nicht solide war. Dieser Södersen verstand es vermutlich, ihr das so hinzustellen, dass sie es für moralisch einwandfrei hielt. Frauen sind vertrauensselig.

Immerhin war er davon beeindruckt, dass Fräulein Runne also offensichtlich nicht nur ein hübsches Eigenheim, sondern auch noch fünfundzwanzig Prozent Anteile an Södersens Apartment-Vermietung hatte und daran denken konnte, sich am Kauf eines Hauses zu beteiligen, für das mindestens eine halbe Million zu bezahlen war. Kommissar Friederking war ein Mann, der Vermögen bei einer Frau durchaus zu schätzen wusste.

Er verabschiedete sich in einem gewissen Zwiespalt aus Bewunderung und Ablehnung und kam auf dem Heimweg zu der Erkenntnis, dass er doch etwas zu strenge Ansichten über Moral im Geschäftsleben hatte.

Als Friederking in sein Büro zurückkam, wartete dort schon Peter Watten auf ihn. »Er ist da«, sagte er wortkarg.

»Pedersen«, rief Friederking ins Vorzimmer, »wir fahren nach Morsum. Sie kommen mit.«

Kommissar Friederking hatte einen Dienstwagen; einen Dienstchauffeur hatte er nicht. Wachtmeister Pedersen setzte sich ans Steuer und zuckte nicht mit der Wimper, als er hörte, wohin sie fahren würden. Pedersen war schweigsam und durch nichts zu erschüttern. Kommissar Friederking schätzte gerade diese Eigenschaften an ihm. Er wusste nicht, dass Wachtmeister Pedersen zu Hause seiner Frau haarklein alles erzählte, was die Polizei von rechtswidrigen Umtrieben auf Sylt erfuhr. Wachtmeister Pedersens Ehe war ungewöhnlich glücklich und seine Frau verschwiegen wie die Nacht.

Harry Lukes Haus in Morsum war kühl, nüchtern und teuer eingerichtet. Nichts verriet, womit der Hausherr sein Geld verdiente. Es gab keine nackten Mädchen an den

Wänden, kein Eisbärenfell auf dem Fußboden vor dem Kamin und keine weißen Statuen auf dem Rasen. Über dem Kamin der geräumigen Empfangshalle hing das Bild einer Frau mit hochmütigen Augen und schmal lächelnden Lippen. Es gab keine Blumen, keine Bücher, es gab nicht einmal einen Fernseher. Wachtmeister Pedersen war enttäuscht, Kommissar Friederking angenehm überrascht.

Harry Luke begrüßte sie mit einem dicken Schal um den Hals und sagte, er wolle ihnen lieber nicht die Hand geben, er habe einen Mordsschnupfen. Wenn sie nichts dagegen hätten, würde er jetzt einen Liter Grog trinken, und wenn sie wollten, könnten sie auch einen haben.

Er erzählte ausführlich und bereitwillig, was ihm widerfahren war, wobei er durchaus nicht den Stolz auf seine eigene Leistung unterdrückte. Er beantwortete Friederkings Fragen und bekannte, dass er keine Ahnung hatte, wer die Burschen gewesen sein könnten. Er nieste ins Taschentuch, putzte sich die Nase und wartete höflich ab, bis Wachtmeister Pedersen alles aufgeschrieben hatte. Harry Luke war ganz anders, als sich Kommissar Friederking und Wachtmeister Pedersen einen Pornokönig vorgestellt hatten.

Als Harry Luke mit seinem Bericht fertig war, entstand eine kleine Pause. Friederking wartete darauf, dass Peter Watten etwas sagen würde. Aber der junge Mann schwieg.

»Es ist da etwas sehr Trauriges passiert«, sagte Friederking schließlich. »Ihre Frau hat ja die Detektei Watten mit Nachforschungen beauftragt. Frau Watten wurde gestern früh tot aufgefunden. Sie wurde erschlagen. Wir haben keine Spur.«

Harry Lukes rotes Gesicht wandte sich lebhaft Peter Watten zu. Er schwieg eine Weile und kaute auf seiner Unterlippe. »So«, sagte er dann langsam. »Das war also Ihre Frau? Ich habe mich die ganze Zeit gefragt, wen sie gemeint haben könnten. Junge, wie mir das leid tut!«

Peter Watten biss die Zähne zusammen und schwieg.

»Wollen Sie uns das nicht näher erläutern?«, fragte Friederking und beugte sich vor. »Sie hörten, wie sich die Leute über eine Frau unterhielten?«

Harry Luke schaute immer noch zu Peter Watten hinüber. »Ich weiß, wie Ihnen zumute ist«, sagte er. »Ich habe geglaubt, sie reden von meiner Frau. Es war schrecklich!«

Er wandte sich dem Kommissar zu. »Sie unterhielten sich, während sie mich auf die *Mariann* brachten. Ich konnte nicht alles verstehen. Sie sprachen dänisch, friesisch und englisch durcheinander. Ich verstand bloß das Englische. Einer sagte: *He caught her prowling around the house.* Er erwischte sie, als sie ums Haus herumstrich. Ich dachte, sie meinten Elsie.« Er schaute schweigend hinauf zu dem Bild über dem Kamin. »Es war also Ihre Frau, Watten! Wie ist sie aufs Weiße Kliff gekommen?«

Peter Watten hob jäh den Kopf. Kommissar Friederking zog scharf die Luft ein. Wachtmeister Pedersen fiel beinahe der Notizblock vom Schoß. Sie alle starrten Harry Luke wortlos an.

»Was ist los?«, fragte er erstaunt. »Sie muss doch die Frau gewesen sein, die da ums Haus herumgeschlichen ist, oder nicht?«

»Tja«, sagte Kommissar Friederking endlich, »das muss sie gewesen sein. Nur dass wir Frau Watten gestern früh in der Apartment-Vermietung von Södersen gefunden haben.«

Kommissar Friederking schwieg nachdenklich. »Tja, das ist ja nun klar. Frau Watten hatte Ihre Spur gefunden. Sie war die Frau am Haus in Braderup, und sie wurde dort umgebracht. Sie war schon tot, als man sie zu Södersen brachte. Es muss jemand gewesen sein, der zu diesem Mietbüro gehört!«

»Watten«, Harry Luke räusperte sich und wischte sich den Schweiß von der Stirn, »Watten, der Auftrag von Elsie gilt noch. Sie finden mir diesen Kerl! Ich komme für alles auf! Kommissar, Sie werden nichts dagegen haben, wenn Sie noch einen zusätzlichen Mann ansetzen können. Ich schreibe eine Belohnung aus. Für zwanzigtausend Mark verpfeift jeder Gauner seinen Boss!«

Sie standen auf. Peter Watten sagte: »Ich finde ihn!« und presste die Lippen zusammen.

»Ich fliege um zwei zurück nach Hamburg. Rufen Sie mich an, wenn Sie mich brauchen!« Er nieste, hustete und schüttelte sich. »Ich muss ins Bett. Hoffentlich habe ich Sie nicht angesteckt! Auf Wiedersehen, Kommissar, auf Wiedersehen, Wachtmeister! Ich hoffe, Sie haben Erfolg! Ich stehe Ihnen jederzeit zur Verfügung.«

Es wurde Mittag, bis Inken Strandvogt Zeit fand, sich um den toten Curry zu kümmern. Sie ging in den Keller, nahm den Holzkorb mit Currys Leiche und die Kehrschaufel und trug sie hinaus vors Haus, wo sie alles auf den Treppenstufen abstellte. Während sie sich bückte, fiel ihr Blick auf die Schaufel, und vor Schreck vergaß sie, sich wieder aufzurichten. Sie stützte sich mit der Hand an die

Hauswand. Ein Schauder erfasste sie, der sie beinahe ohnmächtig werden ließ.

Ein junger Mann mit zu knapp sitzender Hose und kurzgeschorenen Haaren kam von der Straße her den Rasenweg entlang zum Haus und blieb neben ihr stehen. »Guten Tag«, sagte er, und Inken Strandvogt richtete sich schwerfällig auf. Sie hielt sich immer noch mit der Hand an der Hauswand fest.

»Ist Ihnen nicht gut?«, fragte der junge Mann.

Sie schaute ihn mit blinden Augen an. »Da«, sagte sie verstört und deutete auf die Kehrschaufel, »da, sehen Sie sich das an! Es ist ein Finger! Sehen Sie, es ist ein Finger! Den hat der Curry angebracht, und den hat er bewacht, da unten im Keller! Er hat sie verteidigt, der kleine Kerl. Er hat dem Menschen, der sie erschlagen hat, den Finger abgebissen und dann hergebracht! Und jetzt ist er tot, mein verrückter Hund!«

Plötzlich weinte sie. »Er hat sie lieber gehabt als mich. Dabei hat er sie nicht einmal zwei Tage gekannt«, klagte sie.

Sie sah Peter Watten mit den noch immer blinden Augen an und erkannte gar nichts. Er war einfach ein Mensch, zu dem sie hinredete in ihrer Verstörtheit.

»Ich weiß, wem der Finger gehört! Ich weiß, wem der Curry den abgebissen hat! Das ist der feine Herr Architekt bei Södersens, der Holländer, von dem Hanny so viel hält! Er hat gesagt, er hat einen Autounfall gehabt! Schönes Auto! Er hat sie totgeschlagen, und mein Curry hat ihn gebissen. Er hat sie verteidigen wollen und hat ihm den Finger abgebissen! Da liegen sie beide, mein toter Curry und sein toter Finger!« Sie sah den jungen Mann hilflos an. »Was soll ich jetzt tun?«

»Melden Sie es der Polizei«, sagte Peter Watten. »Gehen Sie zu Kommissar Friederking. Und erzählen Sie sonst keinem etwas davon!« Er drehte sich um und ging fort. Inken Strandvogt wusste später nicht einmal, was der junge Mann eigentlich gewollt hatte.

Peter Watten ging zur nächsten Telefonzelle und rief in Morsum an. »Ich weiß, wer der Kerl ist. Der Holländer, der Architekt in Södersens Apartment-Vermietung!«

»Ich bin auf dem Weg zum Flughafen«, sagte Harry Luke. »Warten Sie in der Süderstraße auf mich. Ich bin gleich da!«

Das Wochenende war wie immer ein Großkampfgeschäft für Södersens Apartment-Vermietung. Die eine Hälfte der Gäste reiste ab, die andere Hälfte kam an. Im Empfangsraum herrschte Gedränge bis zur Eingangstür. Die Arbeit des Personals griff nahtlos ineinander; jeder wusste, was er zu tun hatte. Für private Sorgen gab es keine Zeit.

Hanny Runne schrieb Belege, kassierte Rechnungen, notierte Scheckkartennummern auf Barschecks, dankte für Blumensträuße und alkoholische Flaschen, begrüßte Neuankömmlinge, bediente das Telefon und blieb eisern liebenswürdig, wenn in allem Trubel gelangweilte und langweilige Seelen ausgerechnet dann ihr Herz ausschütten mussten, während zehn Leute am Empfangstisch standen und abgefertigt werden wollten.

Antje Webern und Uwe Jensen gaben Schlüssel und Wäschepakete aus, begleiteten ankommende Gäste zu ihren Apartments, zeigten, wie die Klappbetten funktionierten, und warnten davor, Balkontüren ohne Sturmhaken offenstehen zu lassen, und Uwe Jensen übernahm routiniert einsame junge Männer, die eigentlich von Antje Webern in Apartments und das Funktionieren von Klappbetten eingewiesen werden wollten.

Emmo Anderson dirigierte seinen Putzfrauenstab, kontrollierte freigewordene Apartments, Telefonzähler und Schlüsseleingänge und schulterte bereitwillig Koffer und Reisetaschen von den Parkplätzen zu den Fahrstühlen und umgekehrt.

Herr de Fries, der Architekt, saß mit frisch verbundener Hand an seinem Schreibtisch und nahm Telefongespräche entgegen. Er war für nicht viel mehr zu gebrauchen. Wenn er heute auch Daumen und drei Fingerspitzen der rechten Hand wieder frei hatte, so konnte er damit höchstens den Telefonhörer halten und mit der linken Hand mühsam Bestellungen und Termine notieren. Er war nur eine halbe Kraft, aber das war immerhin mehr als gar keine.

Der junge Bendiks-Duven fuhr mit seinem Lieferwagen vor und brachte einen Korb frischgewaschener Wäsche, ausgerechnet in dem Augenblick, als Hanny Runne mit sechs Leuten verhandelte, Antje Webern und Uwe Jensen irgendwo im Haus Klappbetten und Apartments vorführten und Emmo Anderson Koffer und Reisetaschen zu den Fahrstühlen schleppte.

Ingwer Bendiks-Duven stellte seinen Wäschekorb auf den Fußboden in eine Ecke, winkte Herrn de Fries und sagte: »Da draußen sind zwei Freunde von Ihnen. Sie sollen mal rauskommen!«

Antje Webern erschien, und Ingwer verlor jedes Interesse an dem Holländer.

»Ingwer«, sagte Antje, »seien Sie nett. Bringen sie das Zeug allein runter. Sie wissen ja, wo es hingehört.« Sie drückte ihm einen Schlüssel in die Hand. Ingwer fackelte nicht lange, nahm Schlüssel und Wäschekorb und begab sich in den Wäschekeller. Antje Webern nickte ihm dankbar zu.

Der Architekt ging an ihm vorüber auf die Straße und sah sich suchend um. »Hierher, de Fries!«, rief eine Männerstimme aus Bendiks-Duvens offenstehendem Lieferwagen. Er zog die Brauen zusammen und trat näher, ging dann die zwei Stufen der ausgeklappten Trittleiter hinauf und beugte sich vor, um in das Innere des Wagens zu sehen.

Eine Hand packte ihn und zog ihn vorwärts. Ein mit Kraft geschleuderter Sandsack traf ihn hinter dem Ohr. Er sah Funken und Sterne und fiel lautlos vornüber. Die Trittstufen wurden eingeklappt, die Wagentür geschlossen. Der Lieferwagen fuhr los. Niemand nahm davon Notiz.

Auch in Södersens Apartment-Vermietung hatte niemand etwas bemerkt. Der Ansturm der Gäste ging weiter.

»Kann ich helfen?«, fragte Ingwer Bendiks-Duven, nachdem er die Wäsche untergebracht und Antje Webern Abrechnung und abgehakten Lieferschein in die Hand gedrückt hatte.

Sie sagte ohne Zögern: »Ja, bitte. Gehen Sie doch mit den Herrschaften auf zweihundertdreiundneunzig. Das Bett ist ein Drehbett. Wenn Sie links unter der Schreibplatte den Hebel herunterdrücken und den Schrank nach rechts in die Wand drehen, kommt dahinter das Bett raus.«

»Okay«, erklärte Ingwer großartig, »mach ich!« Er nahm Gästewäsche und Zimmerschlüssel entgegen, ging den Herrschaften zum Fahrstuhl voraus, fuhr mit ihnen zum zehnten Stock, und im Apartment zweihundertdreiundneunzig standen sie zunächst einmal zu dritt etwas verblüfft vor einer Wohnungseinrichtung, die alles Mögliche aufwies, nur kein Bett.

»Sie sagte, unter der Schreibplatte einen Hebel herunterdrücken«, erklärte der Herr der Herrschaften, und Ingwer besann sich darauf, dass es jetzt galt, ein gescheiter junger Mann zu sein. Er fand den Hebel, drückte ihn herunter, die Vorderseite des Schreibschranks drehte sich nach rechts, und siehe da, dahinter kam tatsächlich ein Bett zum Vorschein.

Die Herrschaften besichtigten es erstaunt und Ingwer zufrieden. Er war so stolz, als hätte er diese Konstruktion selbst erfunden, und führte sie noch ein paarmal vor. Er erklärte den Zweck der Sturmhaken am Balkon und nahm grinsend eine Mark Trinkgeld entgegen, die er nachher in die Sammelbüchse für die Rettung Schiffbrüchiger steckte, die im Empfangsraum der Apartment-Vermietung unter den Fahrplänen der Bundesbahn stand. Die Bendiks-Duvens gehörten zu den zehn reichsten Familien der Insel und würden ihre Ferien niemals in Apartmentwohnungen verbringen, wo man die Betten abends aus Schränken heraus- und morgens wieder in Schränke hineinklappen musste.

Eine Stunde später hatte sich der erste Ansturm der Wochenendgäste gelegt. »Jetzt trinken Sie einen Kaffee mit uns«, sagte Antje Webern dankbar. »Ohne Sie wären wir heute gar nicht durchgekommen!«

Ingwer Bendiks-Duven ließ sich das nicht zweimal sagen. Der Holländer war noch nicht zurückgekommen. Er setzte sich auf dessen Stuhl und ließ sich von Antje Webern Kaffee einschenken. Hanny Runne entschwand aufatmend in ihr grünbraunhonigfarbenes Büro, und Antje Webern brachte ihr den Kaffee dorthin nach. Uwe Jensen studierte sorgenvoll die Liste der noch zu belegenden Apartments, und Emmo Anderson war immer noch unterwegs und kontrollierte seine Putzfrauen.

Ingwer begann vergnügt und beharrlich, der höflich lauschenden Antje die Vorteile auseinanderzusetzen, die ein gemeinsamer Besuch im *Downstairs* für sie beide haben könnte. Er blieb hartnäckig beim *Downstairs*, und Antje Webern meinte schließlich nachgiebig, man könnte es sich ja einmal ansehen.

Er war es zufrieden und half ihr, das Geschirr zusammenzutragen und in Hanny Runnes kleinem Waschkabinett in die Abwaschschüssel zu stellen.

Als im Empfangsraum plötzlich Kommissar Friederking und sein Wachtmeister Pedersen auftauchten und mit dienstlichen Gesichtern nach Fräulein Runne fragten, erschien es Ingwer an der Zeit, sich zu empfehlen. Er sagte Tschüss zu Antje Webern und kniff dabei fröhlich ein Auge zu, was sie zum Lachen brachte.

Auf der Straße stand sein Lieferwagen, als habe er immer dagestanden. Ingwer schwang sich auf den Fahrersitz, gab Gas und fuhr davon. Die Botschaft, die er dem Herrn de Fries ausgerichtet hatte, war längst vergessen; sie würde ihm auch nicht mehr einfallen.

In Hanny Runnes Büro fragte Kommissar Friederking nach dem abwesenden Herrn de Fries. Hanny Runne hatte keine Ahnung, wo der war. Keiner in Södersens Apartment-Vermietung hatte eine Ahnung. Jeder hatte Herrn de Fries noch vor kurzem an seinem Schreibtisch gesehen, wie er telefonierte und Bestellungen entgegennahm. Im Trubel der abreisenden und ankommenden Gäste hatte niemand bemerkt, dass er fortgegangen war. Und von der Botschaft Ingwer Bendiks-Duvens wusste auch keiner etwas.

Kommissar Friederking ärgerte sich. Wachtmeister Pedersen zeigte keinerlei Gemütsbewegung. »Der Vogel ist weg«, stellte Friederking fest und befahl trotzdem, nach Wenningstedt zur Fernsicht zu fahren und dort nachzusehen, ob sie ihn nicht vielleicht doch dort erwischten.

Sie erwischten ihn natürlich nicht. Der Holländer war verschwunden, und Kommissar Friederking würde ihn nie fangen. Herr Södersen hatte ganz recht.

Juwelier Bartholomae in der Penthouse-Suite im vierzehnten Stock packte die Koffer. »Wir haben eine phantastische Woche gehabt, Leo«, sagte die hübsche Frau Bartholomae dankbar und räumte ihren Schmuck in das Krokodilköfferchen. »Wie schade, dass du schon zurück musst!«

Herr Bartholomae verschloss sorgfältig die schweren Reisetaschen, richtete sich auf und sah nach dem Himmel. »Ich glaube nicht, dass das Wetter sich noch lange hält. Es sieht nach Regen aus.« Er trug die Taschen in den Vorraum, wo er sie ordentlich nebeneinander aufstellte, und legte dann seinen Aquascutum und den Nerz seiner Frau darüber. Frau Bartholomae stellte ihr Krokodilköfferchen auf den Stuhl neben der Tür.

»Ich habe Brodersen schon Bescheid gesagt, dass er das nachher holt«, sagte Herr Bartholomae und betrachtete befriedigt sein ordentliches Werk. Er sah zum letzten Mal in den Schränken nach und pfiff dann den Hunden. »Gehen wir noch einmal über die Promenade und nehmen die Hunde mit. Wer weiß, wann wir wieder herkommen!«

Sie lächelte ihm zu. Er hielt ihr die Tür auf, sie ging voraus, die Hunde trabten lautlos hinter ihr her. Herr Bartholomae ließ die Tür achtlos hinter sich zufallen und folgte seiner Frau zum Fahrstuhl. Er merkte nicht, dass die Tür nicht richtig schloss. Eine kundige Hand hatte dafür gesorgt, dass sie nicht einrastete. Herr Bartholomae war leichtsinnig. Er hätte abschließen sollen.

Sie nahmen den großen Fahrstuhl, wegen der Hunde. Das Vehikel protestierte knirschend gegen seine Last. »Der Fahrstuhl muckt«, sagte Herr Bartholomae kritisch. »Wahrscheinlich sollte er einmal geölt werden!«

Sie stiegen im Erdgeschoss aus. Die Hunde blieben an ihrer Seite und nahmen hochmütig von ihrer Umwelt keine Notiz. Sie rochen nicht einmal an Hausecken.

Der Himmel hatte sich getrübt, der Wind aufgefrischt. Die See war in schäumender Bewegung bis zum Horizont. Frau Bartholomae band sich ein Kopftuch über die Locken. »Wie schön, der Wind!«, sagte sie fröhlich und hakte sich bei ihrem Gatten unter.

Inzwischen luden zwei sorgfältig gekleidete und urlaubsgebräunte Herren das teure Gepäck des Juweliers in den großen Fahrstuhl, legten Aquascutum und Nerz obenauf und stellten das Krokodilköfferchen dazu. Sie ließen die Tür zu Apartment vierhundertsechzehn sorgfältig zufallen, betraten den Fahrstuhl und drückten auf den Knopf *Garage*.

Der Fahrstuhl fuhr mit seinem üblichen Protestgeschrei los. Aber er fuhr nicht bis zur Tiefgarage, wohin seine Benutzer eigentlich wollten. Er blieb störrisch im Erdgeschoss stehen und rührte sich nicht mehr. Er öffnete sich nicht einmal, und er ließ sich auch nicht öffnen.

Die beiden Herren mit Juwelier Bartholomaes Gepäck drückten nervös auf den Knopf *Garage*, danach auf den Knopf *Tür auf*. Sie versuchten es mit dem Knopf 1. Stock, 2. Stock bis hinauf zum 14. Stock. Sie versuchten es mit dem Ventilator. Nichts rührte sich. Der Fahrstuhl stand. Er weigerte sich zu fahren, er weigerte sich, die Tür zu öffnen.

Die beiden Herren besprachen mit einigen erstaunlichen Flüchen ihre Lage. Sie kamen zu der Überzeugung, dass irgendetwas heiß geworden sein musste, das man abkühlen lassen sollte.

Nach einer halben Stunde schien sich aber noch nichts abgekühlt zu haben. Auch von außen kam keine Hilfe. Die Mieter im Haus hatten sich damit abgefunden, dass der große Fahrstuhl hin und wieder streikte. Der Hausmeister würde das schon in Ordnung bringen. Es gab ja glücklicherweise noch andere Fahrstühle.

Nach einer Stunde entschlossen sie sich, auf den Knopf *Alarm* zu drücken.

Durch den Lautsprecher kam die Stimme der Frau des Hausmeisters.

Sie sagten, sie säßen mit ihrem Gepäck im Erdgeschoss fest.

»Ich komme«, beruhigte sie die Herren im Lift, und tatsächlich öffnete sich kurze Zeit später wie von Geisterhänden betätigt die Fahrstuhltür. »Er muckt«, erklärte die zierliche Frau Hansen, überzeugte sich, dass die Insassen noch am Leben waren, und enteilte zu ihrem häuslichen Herd. Die beiden Herren atmeten auf.

Aber weiteres Pech nahte in Gestalt des Ehepaars Bartholomae und seinen Chow-Chows.

»So, da ist unser Gepäck«, sagte Herr Bartholomae und betrat mit seinen Hunden den Fahrstuhl. Frau Bartholomae zögerte einen Augenblick und folgte ihm dann.

Herr Bartholomae drückte auf den Knopf »Garage«. Sein massiver Körper und die beiden Hunde hinderten die beiden Herren am Aussteigen. Der Fahrstuhl fuhr in die Tiefe.

»Mein Wagen steht auf Platz vierhundertsechzehn«, sagte Herr Bartholomae, als sich die Tür öffnete. »Bitte, tragen Sie es dorthin!« Herr Bartholomae und seine Hunde gaben den Weg frei.

Die beiden Herren sahen Herrn Bartholomae, die Hunde und sich selbst an. Sie nahmen wortlos die schweren Reisetaschen und packten sich Aquascutum und Nerz auf die Schultern. Das Krokodilköfferchen drückte Herr Bartholomae seiner Frau in die Hand. Die beiden trugen ihre Last zum Parkplatz vierhundertsechzehn und stellten sie dort ab.

»Danke«, sagte Herr Bartholomae-und reichte ihnen ein Zweimarkstück.

Sie nahmen das Geld und waren mit unglaublicher Geschwindigkeit aus dem Blickfeld von Herrn und Frau Bartholomae entschwunden.

»Aber Leo«, sagte die junge Frau Bartholomae und reichte ihm ihr Krokodilköfferchen. »Das waren doch Spitzbuben! Warum hast du sie denn laufenlassen?«

»Liebling«, antwortete der erfahrene Gatte, »sie haben nichts gestohlen. Sie haben nur unser Gepäck in den Keller gebracht. Glaubst du, ich hätte jetzt noch Zeit, mich mit der Polizei herumzuschlagen? Wir hätten nie unseren Zug nach Niebüll gekriegt!«

Er verstaute Reisetaschen, Nerz und Aquascutum im Kofferraum und stellte das Krokodilköfferchen obenauf.

»Leo«, sagte sie bewundernd, »ich glaube, du bist gut bestrahlt!«

Er gab ihr einen wohlwollenden Klaps auf die Hinterseite, wo sie am hübschesten war. »Alles, seit du mich geheiratet hast, mein Schatz!«

Danach fuhren sie mit dem immer noch protestierenden Fahrstuhl zurück ins Erdgeschoss, gaben ihren Schlüssel ab, schenkten dem Büro eine Flasche Whisky und sagten Hanny Runne auf Wiedersehen.

Anschließend fuhren sie zum Bahnhof und erreichten rechtzeitig ihren Zug nach Niebüll.

Dr. Johannes Schäfer saß mit Hilla und ihrem Baby am Wasserrand und freute sich gutmütig über die geduldigen Versuche des Kindes, eine Welle zu fangen und festzuhalten.

Als er ankam, war ihm ihr aufstrahlender Blick nicht entgangen, und obwohl sein Gemüt und sein Wille gewappnet waren, konnte er nicht verhindern, dass sich die Anzahl seiner Pulsschläge über die üblichen fünfundsiebzig hinaus beträchtlich erhöhte. Der menschliche Verstand ist zwar ein über alles erhabenes Organ, aber er regiert nicht die Organe unseres Körpers.

Sie trug wieder ihre himmelblaue Socke. Ihre Sommersprossen lächelten. Die Sonne hatte weiße Fältchen in ihr Gesicht gebrannt. Sie warf mit beiden Händen ihr Haar über die Schultern zurück. »Wie schön, dass Sie wieder da sind«, rief sie. Sie war hübsch und natürlich, sanft und lieb und zurückhaltend wie das Kind. Und dann war sie wieder zutraulich wie ein junges Tier. Sie war in geradezu beängstigendem Maß zutraulich.

Sie fragte ihn nicht, wo er den gestrigen Nachmittag verbracht hatte. Sie fragte nicht, wo er am Morgen gewesen war. Sie hatte keinerlei Recht, dies zu fragen. Er hätte solche Fragen mit einer gewissen Zufriedenheit als Rechtfertigung für seine Flucht empfunden.

Aber dass sie nicht fragte, beunruhigte ihn erst recht. Er kam sich gemein, hinterlistig, direkt feige vor. Und das war nun etwas, das Hannes Schäfer nicht gewohnt war. Er hatte noch immer jeder Frau gegenüber darauf bestanden, dass er der liebe Gott und kein Geringerer war. Dieses niedliche und anmutige Geschöpf tat nichts, diese Tatsache in Frage zu stellen, nicht einmal im Scherz. Und das Baby saß im Sand neben ihm und betrachtete ihn mit seinen ernsthaften Kinderaugen, als sei Hannes Schäfer mindestens einsneunzig groß und ein Kerl wie ein Olympiasieger mit Lorbeerkranz und Goldmedaillen.

Er schob die Erklärung seiner Abreise noch hinaus. Kein Mensch konnte verlangen, dass er die fröhliche Stimmung trübte.

Ihre kleine Stimme strömte wie ein silberner Bergbach. Sie lachte über die Volleyballspieler, die unermüdlich den

Ball übers Netz schlugen, und über einen Pudel, den von hinten eine Welle überraschte und heillos erschreckte. Auf ihr Lachen hin kam er heran und beschimpfte sie in den unartigsten Ausdrücken, und die niedliche Unschuld entschuldigte sich höflich und sagte, sie würde das nie wieder tun.

Langsam trübte sich der Himmel ein. Die Brandung schlug stärker gegen den Strand. Der Gischt schäumte. Der Wind wehte heftiger. Die Lebensretter zogen die roten Bälle hoch und riefen die Schwimmer aus dem Wasser zurück. Hilla packte ihr Baby in ein Mäntelchen und zog sich selbst Jeans und ein weißes Blüschen an. »Schade, es sieht aus, als gäbe es Regen«, sagte sie und betrachtete bedauernd die Wolkenwand im Süden. »Der Wind hat gedreht. Das schöne Wetter ist vorbei.«

Sie packte ihre Sachen zusammen. Auch Hannes Schäfer zog sich an. »Kann ich Sie zurückfahren?«, fragte er, als klar war, dass sie nicht länger am Strand bleiben konnten.

Er trug ihr den Matchsack, sie schleppte das Kind. Er fuhr sie in die Oststadt und lud Mutter und Kind vor einem Haus aus, das aussah wie aus dem siebzehnten Jahrhundert und so als würde es morgen völlig in die Erde versinken.

»Ich fahre morgen ab«, sagte er endlich, als sie mit ausgestreckter Hand und lachend vor ihm stand, um sich zu verabschieden.

Das Lachen verschwand. »Wie schade«, sagte sie tapfer. Ihre Augen, ihre Sommersprossen, ihr Hexenhaar, alles arf ihr sagte ihm, wie schade es war, dass er abfuhr, und wie traurig sie waren, dass er sie verlassen wollte. »Ich wünsche Ihnen eine gute Reise!«

»Packen Sie Ihre Sachen zusammen«, befahl er fast grob. »Ich hole Sie morgen früh ab und nehme Sie mit!«

»Als was?«

»Als meine Sprechstundenhilfe natürlich. Sie wollen doch in Ihren Beruf zurück, oder nicht?«

Sie senkte den Blick und drückte ihr Kind an sich. »Und Baby? Wo werden wir wohnen?«

»Ich wohne in einem Haus mit drei Stockwerken und dreitausend Quadratmeter Grund. Da ist Platz für eine ganze Kompanie und Sie beide dazu. Hauptsache ist, dass Sie mich nicht stören!«

»Ich bin morgen früh bereit«, sagte Hilla, die Spielerin, und setzte alles auf eine Karte.

Hellmut de Fries erwachte mit einem bohrenden Schmerz in der rechten Hand. Sein Kopf dröhnte. Er wusste nicht, wo er sich befand. Er lag auf feuchtkaltem Stein. Er konnte nichts sehen, und er hörte nichts.

Er richtete sich ächzend auf und legte die verletzte Hand vorsichtig auf seine Knie. Der Schmerz wurde erträglicher. Er fror auf dem kalten Stein. Also stand er auf und tastete sich durch die Dunkelheit. Kalte, feuchte, kahle Wände, ein paar Treppenstufen, kein Fenster, kein Lichtschalter, nichts. Er rief: »Wo seid ihr? Ich will hier raus!« Der feuchte Raum schluckte jeden Ton wie Watte. Es gab nicht das geringste Echo. Er setzte sich auf die Stufen. Sie hatten ihm alles abgenommen: Uhr, Brieftasche, Geldbeutel, Taschenmesser und Schlüsseletui. In seinen Taschen befand sich ein Taschentuch, sonst nichts.

Er grübelte. Man hatte ihn entführt; wozu, wer? Kein Mensch wusste etwas von ihm! Die beiden Dänen, die

Harry Luke bewacht hatten, waren längst über der Grenze. Oder? Was konnten sie von ihm wollen? Sie wussten, er hatte kein Geld, und der Coup mit Harry Lukes Lösegeld war schiefgegangen.

Alles war schiefgegangen, von Anfang an! Harry Luke hatte das Haus am Kliff vermietet, und er hatte nichts davon gewusst. Er hatte drei Millionen Lösegeld in einem Koffer im Bahnhofschließfach gefordert und geglaubt, Hilla würde es für ihn dort abholen. Mädchen, die in den Gängen der Schließfachabteilung am Bahnhof in Westerland Koffer abholten oder einstellten, waren ein so gewohnter Anblick, dass kein Mensch ihnen auch nur einen Blick schenkte.

Aber Hilla weigerte sich, mit ihm zu reden, und nahm Urlaub. Himmel, warum wollte sie nicht begreifen, dass er sie nicht heiraten konnte? Er war arbeitslos, er konnte sich selbst kaum über Wasser halten! Und dann fingen sie im Büro an zu rechnen! Drei Millionen in Hundertmarkscheinen gab einen Stapel von sechs Meter Höhe! Soviel Geld war nie in einem Koffer unterzubringen, der in ein Schließfach ging! Mindestens zwei Koffer waren dazu nötig. Und selbst wenn Hilla es gewollt hätte, sie hätte die Koffer gar nicht tragen können!

Und dann war die Geschichte mit diesem Mädchen passiert. Und Harry Luke hatte sich selbst befreit.

Er hatte das alles ja gar nicht gewollt, nicht so gewollt! Er hielt Harry Luke für einen unanständigen Menschen und hatte geglaubt, Geld von ihm zu erpressen sei nicht halb so schändlich, wie wenn man es bei einem anderen tat. Er hätte Harry Luke freigelassen, sobald das Lösegeld in seinem Besitz gewesen wäre. Er hatte nie in seinem

Leben daran gedacht, einen Menschen umzubringen. Er hatte Mord immer abscheulich gefunden und hielt die Todesstrafe für Mord als gerechte Sühne. Aber als er dieses Mädchen im Garten des Hauses von Braderup sah, was hätte er anderes tun können?

Wenn nur die Hand nicht so wehtäte! Dieser verdammte Köter! Er hatte nicht mit dem Hund gerechnet, als er sich von hinten an sie heranschlich. Er hatte sie um das Haus herumstreichen sehen, als er im Zimmer stand und überlegte, ob er Harry Luke von seinem eigenen Telefon aus in Hamburg anrufen lassen sollte. Er wusste noch nicht, wie er das mit dem Lösegeld machen wollte. Zwei Koffer in zwei Schließfächern? Und dann das Gewicht! Aber es wäre ihm schon noch eingefallen, wie er dieses Problem hätte lösen können!

Da sah er sie, wie sie ums Haus herumschlich und in die Fenster spähte.

Er erkannte sie. Es war die Strandjule aus der Apartment-Vermietung und er wusste sofort, er war verloren, wenn er sie entkommen ließ.

In der Vorhalle stand ein Golfputter mit schwerem Schlägerkopf. Den hatte einer da vergessen und nie mehr abgeholt. Er schlich sich hinaus. Das Mädchen stand vor dem Terrassenfenster und wandte ihm den Rücken zu. Es war ganz einfach. Er holte aus und schlug zu. Sie fiel ohne einen Laut.

Ein kleiner grauer Schatten flog auf ihn zu, verbiss sich in die Hand, die den Golfschläger hielt. Er spürte einen wütenden Schmerz, ließ den Schläger fallen. Der Hund ließ nicht von ihm ab. Er schleuderte das Tier mit der Hand gegen die Hauswand, wo es ihn losließ und sich stumm in das Gestrüpp der Heckenrosen verkroch.

Dann beugte er sich zu dem Mädchen hinunter. Es war tot. Er war erleichtert. Die würde nicht mehr spionieren! Da erst spürte er das Blut, das an ihm herunterlief. Das Vieh hatte ihm den kleinen Finger abgebissen.

Er hielt den Arm hoch, um den Blutstrom zu dämmen, dann rief er nach den beiden Dänen. Gemeinsam suchten sie nach dem verlorenen Finger. »Den hat der Hund gefressen!« behaupteten sie, und er sah ein, dass er keine Zeit mehr zu verlieren hatte. »Los, bringt mich zur Nordseeklinik. Wir können ihn jetzt nicht telefonieren lassen. Ich weiß nicht, wie es weitergehen soll. Schafft ihn auf die *Mariann* und dann das Mädchen in das Mietbüro im Kurzentrum. Hier ist der Schlüssel. Räumt das Haus auf. Morgen kommen Mieter. Stellt mir den Wagen nachher vor Jörgensens Haus. Wir sehen uns morgen Abend!«

Er konnte kaum noch sprechen, und sie sagten nicht viel. Sie fuhren ihn in die Nordseeklinik, dann brachten sie Harry Luke auf die *Mariann* und das tote Mädchen in Hanny Runnes Büro.

Und Harry Luke war es gelungen, sich zu befreien! Sie mussten unvorstellbar gepfuscht haben!

Was warfen sie ihm vor? Die Sache war schiefgegangen. Aber er war doch der Verlierer! Ihm fehlte der Finger! Er wusste nicht, womit er die Zinsen für die Hypothek auf sein Penthouse-Apartment bezahlen sollte! Er hatte seit drei Monaten den Jörgensens keine Miete gezahlt, hatte Schulden aus dem Zusammenbruch seines Büros, während seine ehemaligen Angestellten immer noch auf ihre Gehälter warteten! Die freundlichen Menschen in der Nordseeklinik würden auch nie einen Pfennig sehen. Er war ja nicht einmal in einer Krankenkasse. Was macht eigentlich ein Krankenhaus, wenn man die Rechnung nicht bezahlt?

Er stützte den schmerzenden Kopf auf die gesunde Hand und dachte nach. Er hatte den Mann im Lieferwagen nicht gesehen. Der stand ja im Dunkeln, während er selbst noch von der Sonne geblendet war, als er die ausgeklappten Stufen hinaufstieg.

Wenn es keiner von den Dänen gewesen war, wer war es dann? Es war der Lieferwagen von Bendiks-Duven gewesen, und der junge Bendiks-Duven hatte ihm gesagt, er solle hinauskommen. Was hatte er mit dem jungen Bendiks-Duven zu schaffen? Der konnte doch unmöglich an der Sache beteiligt sein! Er kannte die Familie. Die brauchten nichts zu riskieren. Die wuschen für andere Leute die dreckige Wäsche und verdienten sich eine goldene Nase dabei!

Er war müde und erschöpft. Sein Kopf und seine Hand schmerzten. Er legte die Stirn auf die Knie und schloss die Augen.

Er wurde roh geweckt. Sie stopften ihm ein Tuch in den Mund und banden ihm noch eines darüber. Sie rissen ihm die Arme auf den Rücken und fesselten ihn. Eine Laterne brannte am Boden. Er sah zwei vermummte Gesichter, die er nicht kannte. Sie trugen die gelben Regenjacken, die sie hier Sylt-Nerze nannten. Einer legte ihm eine Schlinge um den Hals. Das Ende der Schnur behielt er in der Hand.

Er stolperte mit ihnen die Treppenstufen hinauf. Sobald er stehenblieb, zog sich die Schlinge um seinen Hals fester zu.

Sie öffneten die Tür an der Treppe, traten ins Freie. Er erkannte das Haus am Weißen Kliff. Sie hatten ihn in Harry Lukes Haus gefangen gehalten!

Sie zerrten ihn über den Rasen, an der Terrasse vorbei. Aus den geöffneten Fenstern drang Musik und Gelächter. Direktor Feuernagel aus Frankfurt feierte ein Fest mit Gästen. Nur ein paar Schritte entfernt waren Menschen, die ihm hätten helfen können! Er hätte gern geschrien: »Helft mir! Steht mir bei! Hilfe!« Aber er konnte sich nicht bemerkbar machen. Sie hatten ihn ja geknebelt. Er trug Schuhe mit Gummisohlen. Er konnte nicht einmal mit den Füßen aufstampfen; niemand hätte es gehört!

Sie zogen ihn wie ein Stück Vieh am Strick über den Parkplatz und den Sandweg hinab zu den Wattwiesen. Es regnete.

Es war dunkel. Nur der Kampener Leuchtturm erhellte die Nacht, wenn sein Lichtstrahl über Meer und Küste strich.

Er wankte, hatte Angst. Was hatten sie mit ihm vor?

Sie zerrten ihn über die nassen Dünen. Die Dornen der Heckenrosen rissen an seinen Kleidern und zerkratzten ihm das Gesicht. Er stolperte und fiel auf die verletzte Hand. Der Schmerz ließ ihn nahezu ohnmächtig werden. Sie rissen ihn hoch und stießen ihn vorwärts.

Sie kamen zum Watt, wateten durch den Schlick. Der Regen rann ihm über das Haar, das Gesicht, durchweichte seinen Anzug, den Verband an seiner Hand.

Sie sprachen nicht, stießen ihn nur vorwärts, und der Strick um seinen Hals sorgte dafür, dass er willenlos gehorchte.

Plötzlich wusste er, was sie vorhatten. Sie führten ihn zu der alten *Mariann*. Sie brachten ihn auf dieses Rattenschiff! Nein, nicht dahin, um alles nicht auf dieses Wrack! Die Angst raubte ihm fast den Verstand. Er torkelte, glitt aus, fiel in den Schlick, wurde wieder emporgerissen und weitergestoßen.

Sie kamen zur *Mariann*. Schwer, unheimlich wie drohendes Unheil stieg die mächtige Schiffswand vor ihm auf. Der Bordrand verschwamm im Regen. Nie war ihm der Kahn so riesig erschienen, so gefährlich und todbringend wie das Jüngste Gericht.

Sie machten ihm die Hände frei. Einer seiner Peiniger kletterte die Bordleiter hinauf, dann zerrte er von oben am Strick. Sie zogen und stießen ihn über die Schiffsleiter, und seine verletzte Hand quälte ihn bis in die Schulter.

Oben angekommen, banden sie ihm die Hände und Füße zusammen. »Nein, nein«, winselte er, aber es kam kein Laut aus seinem geknebelten Mund.

Sie trugen ihn wie ein Holzscheit zu der Öffnung unter dem ehemaligen Salon, dann drückten sie ihm einen Gegenstand in die auf dem Rücken gefesselten Hände. Sie warfen ihn hinunter in das Loch. Er fiel mit dem Gesicht auf faules Stroh. Sie schleuderten den Strick hinterher, dessen Schlinge ihm immer noch seinen Hals einschnürte.

»God nad, her!«

Sie liefen über die Planken, verließen das Schiff. Sie ließen ihn allein in dem Rattenloch!

Der Regen trommelte auf die alten Planken. Das Schiff ächzte im Wind. Flinke Füße liefen an den Spanten entlang, raschelten im Stroh. Die alte *Mariann* lebte in jedem

Winkel. Es wisperte, murmelte, raunte, pfiff höhnisch, kicherte schadenfroh, knirschte heiser und wütend.

Er hatte Angst. Er fürchtete sich in der Dunkelheit, vor dem Alleinsein und erst recht vor dem Gedanken, er käme hier nicht mehr heraus!

Seine Finger betasteten den Gegenstand, den sie ihm in die Hand gedrückt hatten. Es war ein Messer! Ein schäbiges, kleines, altes Taschenmesser. Da, wo die Klinge saß, war das Heft mit Schnur umwickelt, und die Klinge selbst war rau, schartig und verrostet!

Aber es war ein Messer! Sie hatten ihm eine Chance gelassen. Konnte er sich damit befreien? War es so Harry Luke gelungen, ihnen zu entkommen?

Er brachte das Messer in die richtige Lage. Seine rechte Hand war verschwollen und fast gefühllos. Es musste ihm gelingen, mit dem Messer die Fesseln zu zerschneiden. Er versuchte es langsam, vorsichtig. Sein ganzes Leben hing von diesem rostigen alten Messer ab, er wusste es.

Er stellte sich ungeschickt an. Er war kein Linkshänder, und die rechte Hand war nicht zu gebrauchen.

Er versuchte es immer wieder. Es gelang ihm nicht.

Er musste Geduld haben, ermahnte sich zu Geduld, Geduld, Geduld! Vermutlich hatte Harry Luke dasselbe getan. Aber Harry Luke hatte zwei gesunde Hände gehabt!

Er sägte vorsichtig an der Schnur. Das Messer zitterte in seiner Hand. Er krampfte die Finger um das Heft, drückte die Schneide auf die elende Schnur, die ihm in die Gelenke schnitt.

Es gab einen Ruck. Mit einem scharfen, hellen Ton brach die Klinge ab. Sie entglitt seiner Hand.

Aus der Tiefe, wo im lecken Kiel die Flut anstieg, kam ein leises Plätschern, wie wenn etwas ins Wasser fällt.

Der Wind peitschte den Regen über die Planken. Die Flut schob sich lautlos am Schiffsrumpf empor. Der dunkle Fährmann mit seiner Laterne ruderte vorüber und sang das Lied vom Tod.

Sonntag

Uwe Jensen fuhr mit dem Frühzug nach Hamburg. Der Bahnhof war leer. Wer fährt schon am Sonntag früh von Westerland nach Hamburg?

Ein junges Mädchen stellte einen Koffer in ein Schließfach. Södersens Apartment-Vermietung kriegt schon Ersatz für mich, dachte Uwe Jensen. Er ging hinaus auf den Bahnsteig. Es regnete. Der Zug nach Hamburg stand schon da. Er stieg ein und wuchtete den schweren Koffer ins Gepäcknetz, hatte das Abteil für sich.

Die Signalpfeife schrillte. Langsam glitten die alten Bahnhofsgebäude am Fenster vorüber. Die Wolken hingen schwer über den Dächern der Stadt und verhüllten die Ferne.

Er ließ sich aufatmend auf die Sitzbank nieder und streckte die Beine von sich. Ade, Sylt! Södersens Apartment-Vermietung musste sehen, wie sie ohne ihn zurechtkam. Uwe Jensen floh in die Freiheit.

Er würde schon zurechtkommen. Die ganze Welt war voller Frauen, die nur darauf warteten, ihn glücklich zu machen. Es gab unzählige Frauen mit Geld, viel Geld!

Er lehnte sich zurück und träumte von Frauen, Reichtum und einem schwarzen Porsche.

Die Abteiltür wurde aufgerissen.

»Uwe«, schrie Maren Friederking, »da bin ich!«

Sie fiel neben ihm auf das Polster, strahlte, klopfte ihm begeistert aufs Knie.

»Inken Pidderlüng hat mich angerufen. Sie hat gesagt, dass du mit ihr Schluss gemacht hast und dass du heute mit dem Frühzug fährst!« Sie riss die Augen auf und schüttelte den Kopf. »Ich hätte nicht gedacht, dass sie so anständig sein kann!«

Maren Friederking konnte Inken Pidderlüng nicht verstehen. Aber Uwe Jensen begriff plötzlich, wie niederträchtig eine gekränkte Frau sein kann, und begann etwas zu ahnen von der Grenzenlosigkeit eines Gefühls, das sich von Zuneigung zu Liebe und von Liebe zu Hass und Rache wandeln kann.

»Warum hast du es mir nicht gesagt? Jetzt, wo du mit Inken fertig bist, ist doch alles gut!«

Sie hakte sich bei ihm ein und drückte seinen Arm. »Sie war nichts für dich, Uwe«, sagte sie mütterlich, als er immer noch schwieg. »Du brauchst eine feste Hand. Du brauchst jemanden, der dich führt! Ich bleibe immer bei dir, Liebling. Wo du hingehst, da will auch ich hingehen. Und ich werde dich führen!«

Sie lachte glücklich und schmiegte sich an ihn. Ihre Welt war in Ordnung. Sie würde dafür sorgen, dass Uwe Jensens Leben ebenfalls ordentlich wurde.

Noch am gleichen Abend wurde Hanny Runne von Kommissar Friederking zu einem Glas Wein in die *Friesenstube* eingeladen...

ENDE

MÖRDERISCH GUT!
Krimis von Christian Dörge
Überall dort, wo es Bücher gibt!
WWW.SIGNUM-LITERATUR.COM
WWW.CHRISTIANDOERGE.DE
Die unheimlichen Fälle des EDGAR WALLACE
Christian Dörge
DIE FRAU IM DUNKEL
Kriminal-Roman
Die unheimlichen Fälle des EDGAR WALLACE
Christian Dörge
DAS GESICHT DES ALPTRAUMS
Kriminal-Roman
Die unheimlichen Fälle des EDGAR WALLACE
Christian Dörge
SCHACH MIT DEM MÖRDER
Kriminal-Roman
Die unheimlichen Fälle des EDGAR WALLACE
Christian Dörge
DAS SEUFZEN IM ATELIER
Kriminal-Roman
Christian Dörge
DREI TAGE AUF DEM LAND
EIN FALL FÜR REMIGIUS JUNGBLUT
Kriminal-Roman
Christian Dörge
RAUCH UND FALSCHE SPIEGEL
EIN FALL FÜR REMIGIUS JUNGBLUT
Christian Dörge
DER TOD UNTER GLAS
EIN FALL FÜR REMIGIUS JUNGBLUT
Kriminal-Roman
CHRISTIAN DÖRGE
FRIESLAND
UND DAS BLONDE GIFT
Kriminal-Roman
CHRISTIAN DÖRGE
FRIESLAND
UND DAS LETZTE SPIEL
Kriminal-Roman
SIGNUM: LITERATUR, SPANNUNG UND UNTERHALTUNG.

MÖRDERISCH GUT!
Krimis von Christian Dörge
Überall dort, wo es Bücher gibt!
WWW.SIGNUM-LITERATUR.COM
WWW.CHRISTIANDOERGE.DE
CHRISTIAN DÖRGE
DER FÄCHER DER BORGIA
Ein Frankenberg-Krimi
CHRISTIAN DÖRGE
FENSTER AM ABGRUND
Ein Frankenberg-Krimi
CHRISTIAN DÖRGE
DIE LASTERHAFTE TÄNZERIN
Ein Frankenberg-Krimi
Christian Dörge
MORD IN FINSTERGRUND
Kriminal-Roman
Christian Dörge
TÖDLICHE EPIPHANIE
Kriminal-Roman
Christian Dörge
TÖDLICHER SCHNEE
DETEKTIVE WIDER WILLEN
Christian Dörge
DER WINTERMORD
Christian Dörge
DER TOD AUF DEM SEE
Eine Kriminal-Erzählung
Christian Dörge
MÜNCHNER BLUT
MORDE UND MÄDCHEN
Roman
SIGNUM: LITERATUR, SPANNUNG UND UNTERHALTUNG.

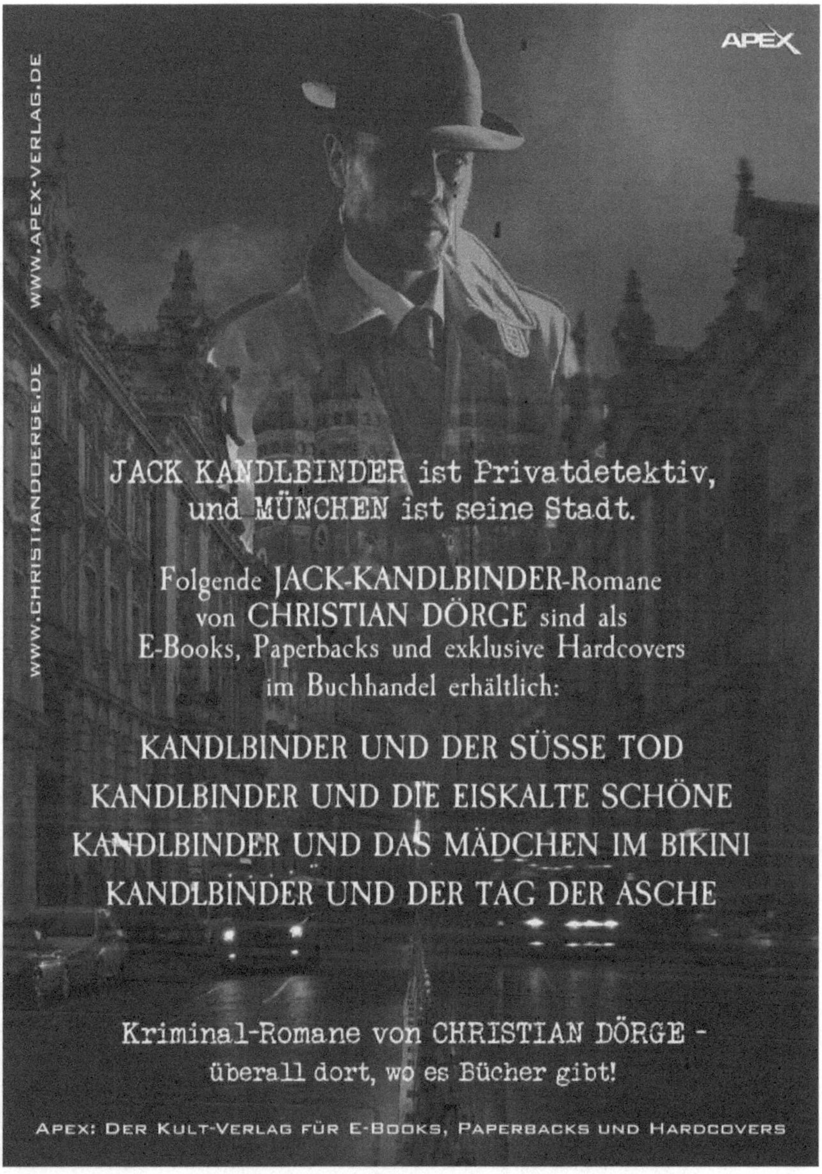
APEX
WWW.APEX-VERLAG.DE
WWW.CHRISTIANDOERGE.DE
JACK KANDLBINDER ist Privatdetektiv,
und MÜNCHEN ist seine Stadt.
Folgende JACK-KANDLBINDER-Romane
von CHRISTIAN DÖRGE sind als
E-Books, Paperbacks und exklusive Hardcovers
im Buchhandel erhältlich:
KANDLBINDER UND DER SÜSSE TOD
KANDLBINDER UND DIE EISKALTE SCHÖNE
KANDLBINDER UND DAS MÄDCHEN IM BIKINI
KANDLBINDER UND DER TAG DER ASCHE
Kriminal-Romane von CHRISTIAN DÖRGE -
überall dort, wo es Bücher gibt!
APEX: DER KULT-VERLAG FÜR E-BOOKS, PAPERBACKS UND HARDCOVERS

WWW.SIGNUM-LITERATUR.COM
KRIMIS AUS DEM NORDEN
VON HEINRICH GOETZ
HEINRICH GOETZ
DAS TRAGISCHE WOCHENENDE
HEINRICH GOETZ
DAS VERHÄNGNISVOLLE GEFÜHL
ALBERS & TAKFORT ERMITTELN
HEINRICH GOETZ
DIE TOTEN SCHLAFEN TIEF
ALBERS & TAKFORT ERMITTELN
HEINRICH GOETZ
DIE ENTFÜHRUNG DER KAREN WALLENSTEIN
ALBERS & TAKFORT ERMITTELN
Jetzt als E-Books, Paperbacks und Hardcovers
überall dort, wo es Bücher gibt!
SIGNUM: LITERATUR, SPANNUNG UND UNTERHALTUNG.

Zeitfracht Medien GmbH
Ferdinand-Jühlke-Straße 7,
99095 - DE, Erfurt
produktsicherheit@zeitfracht.de

FSC
www.fsc.org
MIX
Papier | Fördert
gute Waldnutzung
FSC® C083411

Druck:
CPI Druckdienstleistungen GmbH
im Auftrag der
Zeitfracht Medien GmbH
Ein Unternehmen der Zeitfracht - Gruppe
Ferdinand-Jühlke-Str. 7
99095 Erfurt